안내의 어려움

김종영 에세이

안내의 어려움

초판 1쇄 인쇄일 2017년 1월 24일
초판 1쇄 발행일 2017년 2월 10일

지은이 김종영
펴낸이 양옥매
디자인 남다희
교 정 임수연

펴낸곳 도서출판 책과나무
출판등록 제2012-000376
주소 서울특별시 마포구 방울내로 79 이노빌딩 302호
대표전화 02.372.1537 **팩스** 02.372.1538
이메일 booknamu2007@naver.com
홈페이지 www.booknamu.com
ISBN 979-11-5776-369-6(03810)

이 도서의 국립중앙도서관 출판시도서목록(CIP)은 서지정보유통지원 시스템
홈페이지(http://seoji.nl.go.kr)와 국가자료공동목록시스템
(http://www.nl.go.kr/kolisnet)에서 이용하실 수 있습니다.
(CIP제어번호 : CIP2017001943)

김종영 에세이

안내의
어려움

책과나무

마지막 수업

 어쩌다 보니 평생 일하던 일터에서 떠날 때가 되었다. 이제는 내 얘기를 들어줄 아이들을 만날 수 없겠다 생각하니 당황스러웠다. 평생 교육자로 제자들만 바라보고 살아온 나이기에 세상에 대하여 잘 모른다. 내 머릿속에 담긴 것이라고는 아이들과 나누던 이야기밖에 없다.

아이들을 바라보며 문득문득 들려주던 이야기들을 책으로 엮었다. 이제 정든 교실을 떠나게 되었지만 나와 인연이 있었던 아이들과 이웃들에게 교실에서 있었던 이야기를 전하고 싶다. 아이들과 함께했던 기억을 간직하고 싶기 때문이고, 계속하여 아이들과 대화하고 싶어서이다.

나는 평생 많은 꿈을 꾸며 살았다. 앞으로는 이 꿈을 아이들이 대신해서 계속 꾸어주기를 바란다.

40년 동안 교실에서 아이들과 함께 지내면서도 아이들에게 말해 주고 싶은 이야기는 늘 많았고 시간은 늘 부족하였다.

아이들이 길을 모른다 하면 길을 찾아주고, 아이들이 슬퍼하면 같이 울어주고 아이들이 좋아하면 나도 함께 좋아해 주었다.

나는 환하게 웃으며 다가오는 아이들이 너무 좋았다. 세상을 사

안내의 어려움

는 법이 서툰 아이들이 내게 의지할 때 나는 내가 존재하는 이유를 깨닫곤 했다. 그런데 고개를 끄덕끄덕하며 나를 바라보는 아이들의 모습을 이제 더 이상 볼 수 없단다.

 나는 글을 잘 쓰지 못하지만, 아이들에게 늘 해주던 이야기를 기억나는 대로 정리해 보았다. 지난 시간을 아쉬워하고 그리워하면서, 앞날의 소망을 상상하며 이 글을 썼다. 아이들이 내가 남긴 이야기를 읽고 고개를 끄덕끄덕하는 모습을 그려보며……

 이것이 나의 마지막 수업이다.
 우리 모두 함께 더 좋은 세상을 만들자.
 나는 여전히 아이들과 좋은 마음으로 이야기를 나누고 싶다.

2017년 2월 연구실에서
김 종 영

2. 나는 소중한 사람이다

김종영 에세이

안내의 어려움

1. 더불어

친구야,
우리도 자서전을 쓰자꾸나

2015년은 내가 졸업한 덕명초등학교가 100주년이 되는 해였다. 졸업생들이 힘을 합쳐 100주년 기념사업을 하였다. 나는 100년의 역사를 정리하는 100년사 편찬을 맡게 되어 역사에 기록할 만한 자료를 모으느라 고생하였다. 학교나 지역사회도, 근무하셨던 선생님이나 졸업생 누구도 가치 있는 자료를 주지 못했다. 나이 드신 선배님들의 희미한 기억을 더듬어 역사를 기술해야 했다. 100년사를 기술하면서 내가 해야 할 일이 떠올랐다. 정신이 말짱할 때 나의 이야기를 정리해 두어야겠다는 것이었다.

높은 벼슬을 했거나 큰 부자가 되었거나 이름만 들어도 알만한 유명인들은 자기의 이야기를 세상에 내놓는다. 무언가 내세울 것이 있는 사람들이 자서전을 쓰는 것이다.

사실 나는 세상에 내놓을 만큼 자랑할 게 없다. 그래서 자서전을 쓰겠다고 생각해 본 적이 없다. 그런데 덕명 100년사를 정리하면서 기록의 중요함과 위대함을 깨닫고 나서 결심했다. 나도 자서전을 쓰고 친구의 자서전도 써주자. 하찮은 인생이 어디 있는가! 우리의 인생 모두는 다 기록해둘 만한 가치가 있다. 또한 적어도 자식들은 자신의 부모가 어떻게 살았고 어떤 생각으로 살았는지, 자식들을 키우느라 얼마나 힘들었는지 알아야 한다고 생각했다.

은퇴를 하고 할 일이 마땅히 없었는데 이제야 할 일을 찾아 기쁘다. '내 친구의 자서전'이라는 자서전의 제목도 정했다. 우리들의 이야기가 뭉치면 우리 동네 이야기가 되고, 우리 세대 평범한 사람들의 이야기가 될 것이며, 우리들의 자식들에게 우리가 흘렸던 땀과 고뇌가 전해질 것이다.

멋지지 아니한가? 아무것도 하지 않고 평생을 살아온 사람은 없다. 후세에게 재산을 물려주려 하지 말고 우리의 이야기를 물려주자. 사람은 죽어서 이름을 남긴다 하지 않는가? 이름이란 흔적을 말하는 게 아닌가? 살아온 이야기, 자식들에게 당부하고 싶은 이야기를 말해 주자. 자식들이 그 자식들에게, 그들의 할아버지와 할머니의 삶과 바람을 이야기해줄 수 있도록…….

친구야, 우리도 자서전을 쓰자꾸나.

장사익의 '찔레꽃'

    나는 광천 사람이다. 광천에서 태어난 이래 광천에서 배우고 자랐다. 내가 어릴 때 광천에는 자랑거리가 많았다. 오서산도 있었고 전국 제일의 석면광산도 있었던 것으로 기억한다. 큰 도자기 공장도 두 개나 있었다. 항구인 독배도 있었다. 사금 캐는 큰 배도 구경할 수 있었고 젓갈 냄새 물씬 풍기는 어선들도 즐비하였다. 섬인 줄만 알았던 피섬 가는 길엔 소금을 생산하는 염전도 있었다. 바다 마을이었던 광천의 특산물은 김이나 새우젓 등 어물이었다. 독배가 얼마나 살기 좋은 곳이었으면 '독배로 시집 못 간 이 내 팔자'라 하였을까!

    독배는 사라지고 광산도 사라졌다. 도자기 공장도 사라졌다. 그 틈에 사람들은 여기저기서 축산을 하였다. 마을마다 집집마다 소나 돼지를 키웠다. 광천은 축산의 고장이 되었고 우리는 이를 자랑하였다. 그러는 동안 우리 주변은 더러워졌다. 하천은 말할 것도 없고 지하수도 더럽혀져서 이제는 광천 어디에서도 땅속에서 나오는 물을 마음 놓고 마실 수 없게 되었다. 사람들은 이제 우리가 빨리 축산산업에서 벗어나야 한다고 생각하기 시작했다.

나는 사람들에게 말하고 싶다. 이제 제발 개발을 이야기하지 말자. 공장을 세우지 말고 자연을 보존하자. 다행히 우리 지역에는 전국 제일의 유기농 단지가 있다. 이제 이것을 자랑하자.

그리고 또 무엇을 자랑할까? 아, 장사익의 찔레꽃이 있었지!

아름다운 장미꽃을 보고 향기를 맡고 싶어 가까이 가서 냄새를 맡았는데, 그 향기로운 꽃향기는 장미꽃 향기가 아니고 장미꽃 뒤에 피어 있는 찔레꽃 향기라는 것을 알았다. 그때 지은 노래 가사가 장사익의 '찔레꽃'이라고 한다. 이 노래는 장사익을 시대 최고의 노래꾼으로 발돋움하게 하였다.

나는 광천을 이야기할 때 광산이나 축산이 아니라 장사익을 자랑하고 다녔다. 그러던 어느 날 잘 아는 고향 후배와 대화를 나누게 되었다. 후배는 장사익에 관한 거의 모든 자료를 가지고 있다고 했다. 그러면서 장사익 기념관을 세우고, 대지를 마련하여 찔레꽃 정원도 만들고 싶다고 하였다.

이 얼마나 멋진 생각인가? 찔레꽃은 흔하고 흔해서 어디서나 볼 수 있는 꽃이다. 사람들은 봄이면 벚꽃 말고는 거들떠보지 않는다. 그런가운데 소리없이 향기를 피우는 찔레꽃은 얼마나 아름다운가. 그러니 찔레꽃을 광천의 모든 하천변에 심자. 더불어 오서산 가는 길과 초입에 이 꽃 저 꽃 이름 모를 꽃을 모아 꽃동산을 만들자. 장사익이 어머님을 등에 업고 꽃구경 올 수 있게. 그리고 장사익 음악다방도 만들자. 장사익의 두루마기라도 벽에 걸어 놓고 장사익 음반을 틀어 놓자. 찔레꽃 꽃향기와 노래가 울려 퍼지게.

하얀 꽃 찔레꽃 / 순박한 꽃 찔레꽃

별처럼 슬픈 찔레꽃 / 달처럼 서러운 찔레꽃

찔레꽃 향기는 / 너무 슬퍼요 / 그래서 울었지 / 목 놓아 울었지

찔레꽃 향기는 / 너무 슬퍼요 / 그래서 울었지 / 밤새워 울었지

하얀 꽃 찔레꽃 / 순박한 꽃 찔레꽃

별처럼 슬픈 찔레꽃 / 달처럼 서러운 찔레꽃

찔레꽃 향기는 / 너무 슬퍼요 / 그래서 울었지 / 목 놓아 울었지

찔레꽃 향기는 / 너무 슬퍼요 / 그래서 울었지 / 밤새워 울었지

아

찔레꽃처럼 울었지 / 찔레꽃처럼 노래하지 / 찔레꽃처럼 춤췄지

찔레꽃처럼 사랑했지 / 찔레꽃처럼 살았지 / 찔레꽃처럼 울었지

당신은 찔레꽃 / 찔레꽃처럼 울었지

광천을 꽃향기 나는, 꽃이 아름다운 동네로 만들자. 사람들이 광천에 와서 꽃노래를 들으며 꽃향기를 맡고 갈 수 있도록.

안내의 어려움

한운 여사
장학기념비

　내가 덕명초등학교 다닐 때 교문을 들어서면 교문 옆에 비석이 있었다. 물론 그 당시엔 그게 무엇인지 몰랐다. 덕명초등학교 개교 100년이 되었을 때 100년의 역사를 정리하다 보니, 한운 여사가 일제강점기인 1937년 여학생교육에 보태라고 당시 돈 3,000원을 기증하였고 그해 이 공덕비가 세워졌다는 것이었다. 단 두 줄의 설명이 전부였다.

　나는 한운 여사가 누구이며 3,000원의 가치는 얼마나 될까 궁금하였다. 한운 여사는 평생 독신으로 술장사를 하면서 돈을 모아 여기저기 기부를 하였다. 1960년대에 돌아가셨는데 자식이 없었으나 市民葬을 치르는 것처럼 많은 광천 주민이 장례에 참여하였다는 증언을 들었다. 당시 3,000원은 논 4,000평을 살 정도로 큰돈이었다고 한다.

　비문 내용이 궁금하였는데 다행히 조카가 고서 번역을 전공하였으므로 번역을 부탁하였다. 비문을 번역한 내용은 다음과 같다.

아름답도다. 여사님이여!

그 어짊이 매우 뚜렷하구나.

이 공립학교를 생각할 때

재정이 좋지 않아

창고를 비워 돈을 내놓으시니

그것이 3,000원이다.

마을 사람들이 높이 칭송하고자

훌륭한 명성을 글로 보답하니

사회에는 복된 소식이요

학계에는 서광이다.

하나의 큰 돌을 세워

그 명성 오래도록 전하리.

1938년 4월 ?일에 세움

(한운여사장학기념비)

이 글을 읽고 나는 마음속으로 눈물을 흘렸다. 한운 여사는 부자도 아니었다. 혼자 살면서 생계수단으로 주막을 차렸고 주모 노릇을 하며 힘들게 돈을 모았다. 일제 암흑기에 교육환경이 열악하여 여자 아동들이 교육을 받지 못하는 것을 가엾이 여겨 거금을 회사한 것이다. 자식도 없는 데다 아무도 기억해 주지 않았다.

안내의 어려움

비석만 덩그러니 교문 옆을 지키고 있을 뿐. 그러나 비문을 읽을 수 있는 자도 없고 가르쳐 주는 사람도 없으니 그 무슨 소용인가?

이 비문을 번역하여 내가 아는 사람을 만날 때마다 알려주니 감동하지 않는 자가 없었다.

우리 아이들이 어릴 때, 시내 공원에 데려가곤 하였다. 공원 안에 있는 비석을 보고 아이들이 그건 무슨 비석이냐고 물었다. 나는 대답을 못하였다. 홍성군 청사 안에 있는 여하정에 들렸을 때도 기둥에 붙어 있는 漢詩를 보고 무슨 말이냐고 질문을 받았는데 대답을 못 하고 우물쭈물하였다. 내가 만약 한문으로 된 시를 읽을 줄 알고 해석하여 알려 주었다면 얼마나 자랑스러웠을까? 혹은 누군가가 옆에 쉬운 우리말로 번역을 해 놓았다면 얼마나 좋았을까?

"아빠, 여기 비석이 있어."

"그래, 그건 훌륭한 일을 하신 분의 업적을 기리는 공적비야."

나는 유치하게도 언제나 똑같은 대답을 할 수밖에 없었고 우리 아이 중 아무도 내 설명을 듣고 감격해 하거나 나도 그런 훌륭한 사람이 되어야 한다거나 말하지 않았다.

　그 뒤로 나는 사람을 만날 때면 비석이나 현판 등에 한자로 새겨져 있는 한문을 우리말로 번역하여 알리자고 제안하였다.

逸農 서승태 선생의
후손께

서승태 선생님은 나라의 운명이 일제에 침탈되어 멸망할 지경에 이르렀던 1908년, 광천에 자신의 재산을 털어 덕명학교를 세우셨습니다. 이 밖에도 선생님께서는 기호학회를 이끌며 개화사상을 받아들이고, 홍성지역에 있는 지식인 선각자를 독려하여 여덟 개의 사립학교를 세우는 데도 영향을 주었습니다. 또한 직접 『삼력병합설(三力倂合設)』과 『삼요론(三要論)』 등의 교재를 지어 학생들을 지도하셨습니다. 1919년 독립운동 당시에는 '자유성(自由聲)'이라는 취지문을 작성하여 배포하고 제자들과 함께 만세운동을 이끄셨습니다. 만세운동의 결과 투옥되어 옥고를 치르시고 1921년 돌아가시게 되었습니다.

1935년, 일제치하인데도 제자들과 지역주민들은 정성을 모아 선생님의 공덕을 기리기 위해 덕명초등학교에 흥학기념비(興學紀念碑)를 세웠습니다. 그 후 오늘까지도 이 기념비는 우뚝 서 있습니다. 유감스럽게도 비문이 모두 한자로 되어 있어서 지금까지 덕명초등학교에서 공부했던 졸업생은 물론이고 재학생 누구도 서승

서승태 선생 흥학기념비

태 선생님의 가르침을 듣고 배우지 못하고 있습니다.

　나는 우연히 덕명초등학교 개교 100주년 기념사업회 임원으로 참여하게 되었습니다. 선생님을 기리는 기념비와 선생님이 남기셨다는 책자의 존재를 알고 그 내용이 궁금하여 전문가에게 부탁하여 이 비문과 선생님이 지어서 가르쳤다는 『삼력병합설(三力倂合設)』과 『삼요론(三要論)』, 그리고 만세운동 당시 배포하였다는 '자유성(自由聲)'을 번역했습니다. 해석한 내용이 너무 감동스럽고 교훈적이어서 되도록 많은 사람들이 이것을 알았으면 좋겠다는 바람으로 한 권의 책으로 엮어 덕명초등학교 동문들께 나누어 드렸습니다.

　많은 사람들도 제가 느낀 것만큼 감동하고, 저의 수고에 대하여 찬사가 쏟아질 것이라 여겨 크게 기대하고 있었습니다. 그래서 대전 현충원 독립 유공자 묘역에 있는 선생님 묘소를 찾아 한 권의 책을 바치고 참배하였지요. 많은 사람들이 나처럼 이 책을 통하여 감동하고 어려웠던 시절 선생님께서 하신 일에 대하여 경의를 표하고 고마운 마음을 갖기를 바랐습니다. 그런데 유감스럽게도 별 칭찬을 듣지 못했고 책을 만드느라 괜한 고생을 했구나 싶었습니다. 그러던 어느 날 선생님의 환갑이 지난 손녀 한 분이 나타났습니다. 내 손을 꼭 잡고 고맙다며 눈물을 흘리셨습니다. 밥 사 먹으라고 봉투 하나도 쥐여 주셨습니다.

그분과 헤어진 후 그분을 아는 친구에게 나는 다음과 같은 내용을 들을 수 있었습니다.

"그분의 아버지는 6·25 전쟁 때 전사하셨고 유복자이셨지. 어릴 적부터 고아로 자란 셈이야. 자기 할아버지가 학교를 세웠는데도 그분은 초등학교조차 제대로 졸업하지 못하고 고생했다고 하네. 그러다 결혼을 하였는데 친정에 대하여 아는 바가 없었고, 친정의 친척이라야 대부분 가난하게 살고 있어서 스스로 자긍심을 갖지 못하고 지금까지 살아온 거야. 그분이 자네에게 고마워하는 것은 자네가 자기 할아버지에 관하여 만든 책을 보고 고마워서야. 자기 할아버지가 하신 일을 알고 잃어버렸던 자신을 찾은 거지. 얼마나 눈물이 났겠나. 유복자로 태어났으니 아버지에 대하여도 할아버지에 대하여도 아는 것이 없었는데. 남편과 자식들이 자기를 다시 보더라는 거야. 자네가 사람 하나를 구한 셈 아닌가!"

책자를 내고 1년쯤 지났을 때 초등학교를 같이 졸업한 여자 동창을 만났습니다. 그 동창은 내가 만든 책을 읽었다면서 자기 반에 서ㅇㅇ이라는 여자 친구가 있었는데 찢어지게 가난하여 날마다 월사금을 안 낸다고 선생님께 불려다녔다는 것입니다. 당시는 나라가 가난하여 초등학교 때도 월사금이라는 수업료를 냈습니다. 매달 냈기 때문에 월사금이라고 하였나 봅니다. 그런데 그 친구가 하는 말이 "우리 할아버지가 세운 학교인데……." 하면서 울었던 기억이 난다고 했습니다. 그러고 보니 선생님의 손녀 한 분은 우리 동기 동창이었네요. 지금 어디서 사시는지 궁금합니다.

선생님께서 전 재산을 털어 학교를 세우시고 만세운동을 하다 투옥되고 돌아가셨으니 그 후손들이 공부를 제대로 할 수 있었겠습니까, 물려받을 재산이 있었겠습니까? 다들 가난하고 힘들게 살아왔겠지요. 그렇다고 누구 하나 알아주는 사람도 없고 자신조차도 훌륭하신 할아버지의 존재도 알지 못하고 살았으니 이 세상이 얼마나 원망스러울까요? 그런데도 할아버지가 세운 학교라고 지금도 조금씩 장학금을 내놓는다는 얘기를 들었습니다.

선생님께는 물론이고 선생님의 후손들께 우리 모두 송구스럽습니다. 지금부터라도 우리 모두 덕명초등학교에 있는 흥학기념비(興學紀念碑)의 의미라도 되새겨 선생님의 숭고하고 높은 뜻을 기리고 우리 후배들이 선생님의 가르침을 받들어 국가와 사회에 공헌할 수 있는 기둥으로 자라도록 해야겠지요.

후손들께서도 훌륭한 할아버지를 두셨다는 자긍심을 갖고 힘차게 살아가시길 기원합니다.

안내의 어려움

나의 응접실

내가 처음으로 아담한 내 집을 갖게 되었을 때, 제일 먼저 응접실 치장에 열중하였다. 응접실이라야 사람 대여섯이 앉아 쉴 수 있는 두서너 평의 좁은 공간이었지만 그곳이야말로 내가 남을 위해 최초로 마련한 공간이었다. 이 집에 이사 오기까지 집에 손님을 맞아들일 공간이 마땅하지 않아 늘 안타까웠다. 그래서인지 동료나 친구들은 점점 멀어져 가는 듯했고 수많은 사람들과 부딪치면서 살면서도 홀로 사는 외로운 신세라고 생각했다. 이 외로움을 타파하기 위하여 남을 위한 공간으로 조촐한 응접실이라도 마련하여야겠다는 소망이 있었다.

아내는 응접실에 들여놓을 소품에 대하여 걱정하는 듯했다. 소파에다 장식장, 벽시계, 전축, 명화 그 밖에도 무엇인가? 서너 가지를 더 얘기한 듯싶다. 하지만 나로서는 벽 한쪽에 시골 풍경이 인쇄된 달력이나 하나 걸어 놓고 벗과 함께 앉을 방석 대여섯 개만 있으면 되리라 생각했다. 그리고 바둑이나 장기를 둘 수 있도록 준비하면 그만이리라.

이사하고 며칠 동안 우리 집은 어수선하였다. 나는 되도록 많은 사람들을 우리 집으로 불러들여 우리 집에 그들을 위한 공간이 있음을 보여 주었다. 나는 진심으로 그들을 맞아들일 준비가 되어 있었다. 그들과 더불어 인생과 세상을 이야기하고 바둑이나 장기를 두리라 마음먹었다. 내 어릴 때 고향집 사랑방에서 하던 대로…….

내 고향 집은 마을 한가운데 있는 그리 크지 않은 집이었다. 방이 세 개 있었는데 사랑방은 다른 두 방을 합친 것만큼 넓었다. 사랑방은 밖으로 문이 크게 나 있고 문을 잠가 놓는 일이 없었기 때문에 대문을 통하지 않고도 누구든 들어올 수 있었다. 벽지는 누렇게 바래 있었고 바닥의 자리도 낡아 여기저기 해져 있었다. 하지만 사랑방의 아궁이에 군불을 때서 방바닥은 늘 따뜻하였다.

사랑방은 늘 마을 사람들이 차지했다. 그들은 저녁을 먹으면 으레 모여 밤늦게 돌아갔다. 궂은 날에는 낮에도 모여들었다. 그들은 집주인과는 상관없이 자기들끼리 모여들었다가 헤어졌다.

사랑방은 마을의 모든 정보를 교환하는 곳이었다. 그들은 거기서 마을의 크고 작은 일을 전하기도 하고, 날씨를 이야기하기도 했으며, 서울 가서 들은 이야기도 하였다. 나는 어린 나이였음에도 어느새 사랑방 구석에 끼어들어 거기서 일어나는 일들을 보고 듣게 되었다.

또한 사랑방은 더없이 좋은 영농교육장이기도 했다. 마을 사람들은 새로 나온 농작물의 품종에 대해 의견을 교환했고 새로운 농사 관리요령에 대하여 토론하며 영농방법도 같이 의논하였다. 한마디로 사랑방은 농민들이 공동으로 작업해야 할 일들을 논의하

안내의 어려움

고 결정하는 공간이었다.

　사랑방에는 때때로 낯선 사람들도 찾아왔다. 전라도 어디에선
가 왔다는 대바구니 장수에, 경상도 출신의 상 장수도 있었다. 명
산만 돌아다니며 수도하였다는 관상쟁이나 사주쟁이도 우리 집
사랑방에서 묵고 갔다. 그들이 오는 날이면 들을 이야기가 더 많
았다.

　한편으로 사랑방은 일터였다. 마을 사람들은 사랑방에서 짚으
로 새끼를 꼬거나 삼태기나 바구니를 만들기도 하였다. 서툰 일
은 눈썰미로 남이 하는 것을 보고 배우면서 완성하곤 하였다.

　사랑방은 오락장이 되기도 했는데 늘 한쪽 구석에서는 장기를
두거나 바둑을 두었다.

　이처럼 사랑방은 모든 일의 중심지였다. 마을의 의사당이었고
상담소였으며, 재판소였고 교육장이었다. 사랑방에서 일어나던
모든 일들(나는 그것을 사랑방 문화라고 표현하고 싶다.)은 내가 철이 들면
서부터 점차 사라지기 시작했다. 마을 청년들이 도시로 빠져나갔
고, 집집마다 라디오나 텔레비전을 사들일 무렵이었다. 어느 날,
난 우리 집 사랑방이 갑자기 텅 비어버렸다는 걸 깨닫게 되었다.
그 후로 우리 집 사랑방 문도 닫히고 사랑방 문화는 추억 속에 묻
히게 되었다. 사람들은 이웃의 일은 모르게 되었고, 세상의 일만
떠들게 되었다. 이웃과 더불어 살아갈 생각은 안 하고, 모두들 뿔
뿔이 흩어져 살게 되었다. 마을에 어른이 없어지고 모두들 저 잘
났다는 생각만 하게 되었다.

　지금 내가 응접실에 마음을 쓰는 까닭은 바로 내 어릴 적 사랑

　　　　　　　　　　　　　　　　　　　　　1. 더불어

방이 그리워서이다. 같이 웃고 같이 슬퍼하던 그 사람들, 그곳에 깃들어 있던 누른 내 나는 정취와 우리만의 얼과 멋이 그리워서이다. 내 집에 남을 위한 공간을 만들어 놓았던 우리 할아버지의 여유와 인정이 그리워서이다. 이름도 성도 모르는 낯선 길손이 하룻밤 묵고 갈 수 있도록 배려한 온정이 그리워서이다. 치장한 것이라곤 달력 한 장밖에 없지만 온화함과 은은하게 흘려 넘치는 사람들의 체취가 그리워서이다.

아무나 오시오. 사랑방이 그리운 사람들은.
내 비록 조촐하나 여기 그 옛날 사랑방을 옮겨 놓았으니
무얼 가져오려거든 이야기 보따리나 가져오시오.
우리 만나서 십 년도 넘게 쌓인 이야기 보따리를 밤새워 풀어 보자구요.
내 숭늉 한 대접 따로 떠 놓을 터이니.

당신이 지금
울고 있는 까닭은?

　당신은 나라 없는 백성으로 태어나 나라가 무엇인지도 모르고 자랐습니다. 당신에겐 꿈도 희망도 없었습니다. 먹고 싶은 것을 먹지 못하고 말하고 싶은 것을 말하지 못하고 살았습니다. 뜻한 바대로 행할 수 없었습니다. 당신은 남의 이름으로 자랐고 남의 말로 대화하고 남의 생각대로 살았습니다.

　당신이 나라를 찾았을 때 당신을 기다리고 있던 것은 피비린내 나는 싸움이었습니다. 당신이 흘린 피를 어찌 양으로 헤아릴 수가 있겠습니까? 그러나 당신은 울지 않았습니다. 남을 원망하지도, 조상을 탓하지도 않았습니다.

　성년이 되었을 때 당신은 새로 시작하였습니다. 모든 것이 허물어진 원점에 서서 당신은 새로운 계획을 세우고 모든 정열을 쏟아 땀을 흘렸습니다. 당신이 이룬 업적을 어찌 글이나 말로 표현할 수가 있겠습니까?

　당신은 참으로 많은 일을 했습니다. 그 모든 일 중에서 당신이 제일 심혈을 기울인 것은 자식들을 가르치는 일이었습니다. 나라 없는 시대에 태어나 공부다운 공부 한번 해보지 못한 그 한을 당

29

신은 자식들을 통해 풀고 싶었습니다. 그 일이야말로 얼마나 어려운 일이었겠습니까? 그 일을 위해 당신이 흘린 땀이 얼마이겠습니까? 그 때문에 얼마나 많은 주름이 생기셨습니까? 그러나 당신은 그 일을 피하지 않았습니다. 그 일에 대해 짜증내지 않았습니다. 당신이 짊어져야 할 의무라고 여겼습니다. 그 일을 완수하기 위해 당신은 먹고 싶은 것도, 입고 싶은 것도, 쉬고 싶은 것도 모두 참았습니다. 당신에겐 늘 자식이 먼저였습니다. 자식을 잘 키우는 것이 당신에겐 신앙이었습니다.

당신 덕택에 당신 자식들은 이제 많은 것을 가지게 되었습니다. 그들의 머릿속에 많은 것들이 들어 있습니다. 당신은 듣지도 보지도 꿈꾸지도 못했던 것들이 그들 주위에 있습니다. 첨단 두뇌도, 첨단 기술도, 첨단 산업도 당신 자식들은 가지고 있습니다. 자식들만 잘되면 당신 자신이야 아무려면 어떠냐고 생각하시던 당신 뜻대로 당신 자식들은 훌륭하게 성장하였습니다. 모든 게 당신 뜻대로 이루어졌습니다. 이제 당신이 더 바랄게 뭐가 있겠습니까?

그러나 당신이 지금 울고 있는 까닭을 나는 압니다. 그 숱한 땀을 흘리며 당신이 얻은 것이라야 당신 마음속의 공허뿐임을 나는 알고 있습니다. 당신이 애쓴 만큼 당신 자식들은 당신을 귀히 여기지 않는다는 것도 나는 알고 있습니다. 자식들 앞에 내세울 게 평생 흘린 땀밖에 없는 당신이야말로 어쩌면 무기력하기 짝이 없는 아주 보잘것없는 존재인지도 모릅니다. 당신이 더욱 괴로워하는 것은 당신의 노고를 잊고 있는 자식들이 야속해서가 아니라 조상의 소중함을 모르는 자식들로 선대에 죄스럽기 때문임을 나는 알고 있습니다.

당신의 희생은 참으로 컸습니다. 참으로 많은 땀과 눈물과 피를 흘렸습니다. 당신이 흘린 그 모든 것은 씨앗과 거름이 되어 이제 열매 맺고 있습니다. 그 열매를 거두면서 당신이 기뻐하지 않고 슬퍼하는 까닭을 나는 모르지 않습니다. 그러나 어찌합니까? 시대가 변하고 있는 것을. 당신이 지금까지 참고 기다려왔던 대로 기다릴 수밖에…….

세상은 변하게 되어 있고, 변하지 않는 것은 아무것도 없습니다. 당신 자식들도 변하는 세상에 묻혀 있을 뿐입니다. 그들을 섣불리 불러내지 마십시오. 지금은 그럴 때가 아닙니다. 그들 스스로 당신 곁으로 돌아가고 싶다고 느낄 때까지 세상과 함께 가도록 놔두십시오. 그들은 분명히 당신 곁으로 돌아올 것입니다. 그들의 마음속에 당신의 피가 흐르고 있기 때문입니다. 당신의 가슴처럼 따뜻한 곳을 그들은 결국 찾게 될 것입니다.

고향을 떠나 사는
친구에게

  참 딱하기도 하십니다. 세상이 다 변하고 세상인심이 다 변했는데 어찌 고향만 늘 그대로이길 바라고 있습니까? 온 산과 들이 사람들의 찌꺼기로 병들어 있는데 그대 고향의 냇물만은 늘 맑게 흐르리라 생각합니까? 그대는 이미 오래전에 고향을 버렸으면서 고향을 지켜줄 고향 사람들이 따로 있기를 기대하십니까?

  하기야 우리 고향만큼 좋았던 곳이 어디 있겠습니까? 동구 밖에 확 트인 들판이며, 병풍처럼 둘러쳐진 높지도 낮지도 않은 뒷산이며 소나무, 전나무, 잣나무, 상수리나무 그밖에 이름도 종류도 모르는 나무들이 참 많았습니다. 그뿐입니까? 마을 앞을 휘영청 휘감아 흐르는 냇물이며 냇물 속의 붕어, 송사리, 모래무지, 미꾸라지 등 수많은 물고기 떼들은 또 어떻구요.

  우리 어렸을 때 찔레 꺾어 먹고 칡뿌리 캐 먹고 산딸기 따 먹던 일 생각납니까? 달고 맛있기야 수수가 최고였지요. 겨울에 고구마 섬에서 고구마 하나 꺼내 껍질도 벗기지 않고 가마니에 껍질을 비벼 먹던 때도 기억납니다. 여름엔 참외나 수박서리 다녔는데 당신은 참으로 날렵하고 기백이 있어 늘 특공 대장이었고 난 겁

많은 놈이라 애초부터 망이나 보다 도망치곤 하였지요. 그땐 덜 익은 수박을 먹고도 참 맛있다고 생각했었습니다.

뒷산마루 우리끼리 묘 마당이라 부르던 우리들의 놀이터 생각 납니까? 그곳은 우리들이 당수나 유도를 배우던 도장이었고 옛날 이야기를 듣던 동화관이자 온갖 세상 소식을 듣던 뉴스광장이었 지요. 우리들은 그곳에서 밤이슬을 맞으며 학교에서 배운 별자리 를 찾느라 밤새 하늘을 헤매곤 하였지요.

우리 동네 제일의 멋은 역시 농악놀이였습니다. 새납 부시던 털 보 아저씨 솜씨야 읍내까지 소문나 있었고 꽹과리 치며 상쇠노릇 하시던 돌쇠 아저씨 신명나던 모습을 어느 광대가 흉내 낼 수 있 었겠습니까?

명절이면 마을에는 신명나는 일이 많았지요. 정월 초하룻날 집 집마다 들러 세배를 다녔고, 정월 대보름날이면 쥐불놀이를 했 죠. 오월 단오날 동네 한가운데 있던 오백 년도 넘었다는 고목 가 지에 동아줄 틀어 그네 매 놓고 그네 타던 일도 기억합니다. 또 눈 오는 겨울에 늘 하던 토끼몰이도 재밌었습니다. 그러나 그 무 엇보다도 잊히지 않는 것은 팔월 한가윗날 밤 우리끼리 연출하고 감독하여 선보인 연극 공연이지요. 여주인공을 구할 길이 없어 당신이 분장하여 여자로 출연했는데 마을 어른들은 연극이 끝날 때까지 그 여주인공을 정말로 여자인 줄 알았다는 거 아닙니까?

우리가 고향을 못 잊은 이유는 뭐니 뭐니 해도 고향 인심 때문이 아닐는지요? 옥수수 삶은 것도 나누어 먹고 수제비 한 그릇도 이웃집에 먼저 보내드렸지요. 그리고 보면 우리는 모두가 형제자매였습니다.

그러나 그런 고향은 이제 우리들의 기억 속에서나 겨우 존재할 뿐입니다. 솔직히 나는 마음속에서조차 지워진 고향 풍경을 되살리느라 얼마나 고생했는지 모릅니다. 고향의 산이나 들에 있던 나무 이름, 풀 이름, 냇물 속의 물고기 이름, 우리 주변에 있던 물건 이름, 심지어는 늘 함께 지내던 고향 사람들 이름마저도 내 머릿속에 쉽게 살아나지 않았습니다.

사라진 고향!

그 옛날 우리들의 고향은 이제 실제로 존재하지 않습니다. 내 말이 믿기지 않거든 다음 휴가에 고향 열차를 타보십시오. 당신이 고향이라고 그리던 곳으로 그 열차는 당신을 데려다줄지 모르지만 이제 그곳은 당신의 기억 속에 남아 있는 고향의 모습을 갖고 있지 않을 것입니다. 당신이 혹시 옛 벗을 만날 수 있을지라도 그 또한 당신이 찾는 그 모습으로 남아 있지 않을 것입니다. 당신이 어릴 때 하던 놀이며 풍습이며 하는 것들은 고향 어느 구석에서도 찾아볼 수 없을 것입니다. 장마 때 마당까지 올라왔던 미꾸라지, 논 물꼬 밑에 옹기종기 살던 송사리, 바람이 불면 한바구니

씩 떨어지던 개복숭아. 그런 것들은 이제 동화책에서나 나옴직한 얘기들입니다. 당신이 물장구치고 멱 감으며 좋아하던 냇물도 이젠 살아있는 물이 아닙니다. 동네 개구쟁이들이 놀던 개울은, 오염돼 버린 지 오래고 아무리 살펴보아도 고기 한 마리 그곳에서 놀고 있지 않습니다. 고드름 매달린 초가지붕일랑 아예 찾을 생각도 마십시오.

고향이 변했다고 고향 사람들을 원망하지는 마십시오. 당신이 먼저 고향을 버렸으면서 그들만 늘 그대로이기를 바라는 것은 억지입니다. 고향이 변했다고 낙담하지도 마십시오. 그 대신 이제부터라도 우리가 먼저 고향을 되살립시다. 당신은 당신의 자리에서, 나는 나의 자리에서 우리 고향의 온정을 되살립시다. 우리 고향의 구수한 냄새를 옮겨 봅시다. 우리 고향의 정취와 멋을 내 이웃이 느끼게 하여 봅시다. 우리 고향의 인심만 되살린다면 어찌 너와 나의 고향이 따로 있다 하겠습니까? 삼천리강산이 모두 우리들의 고향인 것을……

당신이 흘린
땀의 의미

더위를 견디다 못해 도시는 텅 비어버렸습니다. 모두들 해변이나 계곡으로 달음질쳐 갔습니다. 그러나 나만은 더위를 피해 도시를 떠날 수 없습니다. 농사꾼의 자식이기 때문입니다. 마음 같아서는 당신 곁으로 달려가 일을 도와드리고 싶습니다. 그런데 농사일은 아무나 하는 일이 아니라고 만류하실 게 분명해 귀향도 못 하고 있습니다. 그렇다고 더위를 피해 달아나기에는 너무 염치없어서 그저 더위에 찌든 도시에서 혼자 머뭇거리고 있습니다.

어릴 때에는 더위를 모르고 살았습니다. 에어컨은 물론이고 선풍기나 냉장고도 없었습니다. 여름이 문턱에 이르렀을 때 어머니는 읍내 장에 가서 씨앗 가게며 고무신 가게를 돌며 부채를 서너 개 얻어 오셨는데 그것이 우리들의 여름차비 전부였습니다. 우리는 늘 벌거숭이인 채로 나돌아다녔기 때문에 검붉은 피부를 하고 있었습니다. 한낮에는 냇가에 가서 놀았는데 지금 생각해 보면 그보다 나은 피서는 없는 듯합니다.

지금도 들녘에서 구슬땀을 흘리고 계실 당신의 모습이 눈에 선한데 아이들은 선풍기를 틀어 놓고서도 덥다고 야단들입니다. 당신의 땀이야 어디 더위 때문에 흘린 땀이었습니까? 당신의 땀이야말로 땅을 사랑하고 일을 사랑하고, 자식을 사랑하고 나라를 사랑하는 사랑의 땀이며 자식과 가정과 나라가 잘되길 소망하는 땀입니다. 만일 당신이 부질없이 흐르는 땀이나 닦고 살았다면 오늘 우리가 당신으로부터 무엇을 물려받을 수 있었겠습니까? 당신은 땀으로 모든 것을 일구었습니다. 자식을 키우고 도시를 가꾸고 나라를 일으키고 이 모두가 당신의 땀에서 비롯되었습니다.

당신은 땀이 흐르는지도 모르고 살았습니다. 한여름에도 땀 닦을 수건 하나 당신 곁에 없었습니다. 당신은 여름이기에 땀을 흘린 것이 아닙니다. 오히려 당신은 여름보다 가을에 더 많은 땀을 흘렸습니다. 저는 땀방울이 맺혀있지 않은 당신의 얼굴을 그려낼 수가 없습니다.

이 도시 안의 모든 사람들이 다 당신의 자식들입니다. 당신은 땀으로 이 도시를 건설하였고 이 도시에서 살아나갈 사람들을 키워냈습니다. 지금도 이 도시는 당신의 땀으로 지탱되고 있습니다. 당신의 땀이 없었다면 이 도시를 어떻게 지탱해나갈 수 있었겠습니까? 당신의 땀방울이 더욱 성스러워 보이는 것은 당신에게 은혜를 갚을 줄 모르고 당신을 하찮게 여기는 도시인들을, 당신은 미워하거나 증오하지 않기 때문입니다. 당신은 이 거대한 도시에 모든 것을 빼앗겼으나 후회하거나 원망하지 않습니다. 도시는 당신의 땀이요 도시 사람들은 당신의 자식들이라는 것을 당신은 잘 알고 있기 때문입니다.

그러나 도시인들은 그들의 뿌리가 당신이라는 것을 잊고 있습니다. 거무스름한 얼굴, 푹 파인 주름살, 그런 얼굴들이 그들의 부모님의 얼굴임을 잊고 있습니다. 아니 일부러 잊고 있는 척하는지도 모릅니다. 모든 것을 알고 지내기에는 그들의 잘못이 너무 염치없기 때문입니다. 그들은 농촌을 업신여기고 농촌을 더럽히고 우리의 전통문화를 변질시켰습니다. 더구나 그들은 그들의 아버지뿐만 아니라 아버지의 아버지도 도시에서 태어난 것처럼 살아가고 있습니다.

그들은 당신이 흘린 땀의 뜻을, 그 숭고한 뜻을 알기엔 아직 철이 덜 난 듯합니다. 우리 농촌의 연륜이야 얼마나 오래되었습니까? 연륜이 짧은 도시 안에 사는 사람들이 무엇을 알겠습니까? 더위가 계속되는 동안 곡식이 자라서 열매 맺는다는 것을 그들이 어찌 압니까? 그저 덥다고 짜증이나 부리고 이 더위가 빨리빨리 지나가기만을 바랄 뿐이지요.

그들의 철없음을 너무 속상해하지 마십시오. 당신이 이제까지 그랬던 것처럼 조금만 더 기다려 주십시오. 그들이 지금은 당신을 업신여겨도 결국 그들은 당신 품으로 돌아올 것입니다. 당신의 그 고귀한 땀의 의미를 그들이 터득할 날이 반드시 올 것입니다. 그날이 조금 멀더라도 당신은 이해하고 기다려주시겠지요?

참외는 참 맛있었다

미역 감고 오면 어머니가 부른다.

아가야, 참외 먹고 놀아라.

배가 고파 참외 껍질도 깎지 않고 동생도 주지 않고

통째로 혼자 와삭와삭 먹고 싶었지만

어머니가 참외를 깎는 동안

난 마루 끝에 걸터앉아 참외가 내게 건네지기만을 기다렸다.

어머니는 참외 하나를 갖고도 내게 기다리는 인내심과

동생과 나누어 먹어야 한다는 것을

가르쳐 주셨다.

나는 어머니가 깎아 주시던 참외를 늘 받아먹었으면서도

어머니가 참외 드시는 것을 본 적이 없었다.

어릴 땐 어머니가 참외를 드시지 않는 이유를 난 알지 못했다.

우리 아이
어떻게 키울 것인가?

내가 미국에서 체류하면서 관심을 가지고 유심히 관찰한 분야 중 하나가 아이들을 어떻게 키우냐는 점이었다. 교육계에 몸담고 있을 뿐만 아니라 아직 자라고 있는 두 아이의 아버지로서 교육에 대한 나의 관심은 어쩌면 당연한 것이었다.

사실 우리나라처럼 자녀 교육에 대하여 열성적인 나라도 드물 것이다. 자녀 교육을 위해서라면 어떤 어려움도 견디어 낼 용의가 있는 국민들이다. 교육에 대한 우리의 열성이 국민의 민도와 경제수준을 이만큼이나 높여 왔다고 자부할 만하다.

그런데도 불구하고 오늘날 우리의 교육현상을 보며 나는 종종 착잡한 생각에 빠지곤 한다. 잘못된 바가 한두 가지가 아니라고 느끼면서도 나 혼자 어찌지 못하는 안타까움에서다. 우리는 왜 아이들에게 그토록 많은 학습량을 주는가? 우리는 어찌하여 유치원에 다닐 나이도 안된 아이에게까지 소위 학과 공부를 시키는가? 왜 모든 아이가 다 피아노를 교습을 받고, 그림을 배우고, 영어 학원을 다니고, 수학 박사가 되어야 하는가?

거리를 나서면 아이들을 기다리는 각종 학원의 간판이 즐비하고 책방에 들러 보면 진열된 책의 대부분은 학생들의 참고서들이다. 끝도 없는 학습량에서 우리 아이들은 헤어 나오지 못하고 질식할 지경이다.

놀아서는 안 된다. 텔레비전도 조금만 봐야 한다. 잠도 덜 자고 시간을 아껴 수학 문제를 풀고 영어 단어를 하나라도 더 외워야 한다. 영어와 수학은 제일 중요한 교과이므로 신경 써야 하고, 국어와 과학도 잘해야 한다. 피아노도 잘 치면 좋다. 컴퓨터도 배워 둬야 하고 가능하면 태권도도 잘하면 좋은 일이다. 어릴 때 그림 그리기를 시키면 창의력 계발에 효과 있다고 어떤 전문가라는 인사가 텔레비전에서 이야기하던데 가능하면 미술학원에도 보내야겠다.

미국에 체류하는 동안 그들은 하계 방학을 맞이했다. 그때 내가 가 있는 대학의 총장 집으로 초대를 받아 가게 되었는데 중학교 2학년에 재학 중인 그의 아들은 신문 배달을 하고 있다고 하였다. 이번 학기가 끝나면 대학에 입학하는 그의 딸은 식당에서 bus-person(손님이 식사를 끝낸 후 식탁을 치우는 일)으로 시간제 아르바이트를 한다고 하였다. 나는 그들이 학교에서 배우는 교과서를 보고 싶었는데 유감스럽게도 집에는 그들의 교과서가 없었다. 그들은 방학이 되면 일을 구해 일을 하거나 친구나 가족과 함께 여행을 하거나 자기가 하고 싶은 운동을 했다. 무엇을 하든 그들은 자기가 하고 싶은 것을 했다. 나는 초등학교 5학년에 다니는 그 집 막내 아이에게 요즈음 한국에서는 초등학교 5학년만 되어도 학교 공부와 학원 공부 그리고 숙제 때문에 쉬는 시간이 없다고 말해 주었다. 그는 이해가 안 되는 듯 한참 생각하다가 "그럼 운동선수는 누가 되나요?" 하고 물었다. 그 아이는 자기는 운동을 좋아하며 이다음에 크면 테니스 선수가 되고 싶다고 말했다.

　그의 말을 듣고 나는 많은 생각을 하게 됐다. 그렇다. 축구 선수는 누가 되어야 하는가? 회사의 경비는 누가 서고 거리는 누가 청소하며 채소는 누가 가꾸고 세차장의 세차는 누가 하며 자동차 타이어 수리는 누가 하는가?

　우리 사회에 존재하는 수많은 종류의 온갖 일들을 일일이 나열할 수조차 없다. 사회에 존재하는 수많은 직업 가운데 영어나 수학과 큰 관련이 있는 직업은 오히려 그리 많지 않을 듯싶다. 그럼에도 불구하고 그 많은 아이들 모두에게 똑같은 목표를 향해 달리라고 우리는 채찍질하고 있지 않은가?

　축구를 잘하는 아이는 축구 선수로 키우자!

　그림을 잘 그리는 아이는 화가로 키우자!

　노래를 좋아하는 아이는 가수가 되도록 키우자!

　머리는 둔하지만 그가 성실한 사람으로 자란다면 그에게도 맡길 일이 많다. 못하는 일, 재미없어 하는 일을 억지로 하도록 하지 말고 그가 하고 싶은 일, 그가 잘하는 일, 재미있어 하는 일을 찾아 주자. 수학을 못하고 수학 공부를 재미없어 하는 아이에게 수학을 못하면 큰일 날 것처럼 수학 과외를 시키며 허구헌날 수학 공부에 매달리게 한다면 그가 정말로 잘하는 음악은 그에게 아무런 가치가 없다고 여기고 심지어는 자기 자신은 세상에 아무 가치가 없는 존재라 여기며 패배자가 된 것처럼 자랄 것이다.

이제 부모부터 맹목적인 교육열에서 벗어나야 할 때가 되었다. 우리 자녀가 장차 무엇이 될 것이냐에 앞서 어떤 인간이 될 것이냐에 대하여 관심을 가져야 한다. 생활 태도가 바른 아이, 예절을 실행하는 아이, 부모님이나 선생님을 공경하는 아이, 친구들과 사이좋게 서로 도우며 지낼 줄 아는 아이, 어려운 이웃을 도울 줄 아는 아이, 남을 위해 솔선하여 봉사할 줄 아는 아이, 자기 일은 자기 스스로 할 줄 아는 아이, 슬픈 이야기를 듣고 눈물 흘릴 줄 아는 아이. 이런 아이로 자란다면 당신은 아이의 장래를 걱정할 필요가 없지 않겠는가?

내가 만난 미국의 대학 총장은 말했다. 자기들은 자기 아이들이 자기 발로 일어날 수 있도록 키운다고. 갑자기 부모님의 보호를 받지 못하게 될 때 스스로의 힘으로 살아갈 수 있도록 훈련을 시킨다고. 그래서 이 엄중한 학과 공부에 매달려야 할 때 신문배달을 하고 식당 도우미를 하도록 한다는 것이었다. 우리 아이들도 자기 발로 세상에 걸어나가게 하자. 그들을 학과 공부라는 속박으로부터 벗어나게 하자. 세상은 살만한 곳이라고 느끼며 살 수 있도록······.

오리건 여행지에서
만난 친구

　나는 미국 태평양 연안에 있는 오리건 주의 한 조그마한 도시에서 체류한 적이 있었다. 날씨가 좋을 때면 틈틈이 주변 여행을 하였다. 일행도 없었기 때문에 지도와 관광 안내 책자를 들고 혼자서 여기저기 둘러보곤 하였다.

　그러던 어느 날 나는 등대가 있는 어느 해변으로 여행하게 되었다. 미국은 캐나다 인근인 워싱턴 주에서부터 멕시코에 접해 있는 캘리포니아 남부까지 어느 곳 하나 절경이 아닌 곳이 없었다. 서부의 해변도 태평양이라는 큰 바다에 접해 있기 때문에 빼어난 경관을 가지고 있었다. 이날 내가 찾은 끝도 없는 해변과 모래사장이라든지 맑고 끝없이 펼쳐진 수면이라든지, 파도에 수없이 부딪혀 생긴 절벽이며 기암괴석 등이 아주 색다른 감흥을 주었다.

　나는 탁 트인 바다와 주변 경관을 물끄러미 바라다보고 있었다. 여행자들은 대부분 일행이 있었기에 까닭 없이 그들 틈에 끼어들 수 없었다. 미국은 원래 다민족 사회이기 때문에 나를 외국인으로 취급하는 사람도 없는 듯했다. 어쩌다 검은 머리를 한 아시아계 사람들을 만나 어디서 왔는지 물어본 적이 있었는데 그들 대부분은 일본계나 중국계 미국인들이었다.

사진을 한 장 찍어야겠다는 생각에 찍어줄 사람을 찾느라 두리번거리고 있는데 어느 미국인이 와서 찍어 주겠다고 제의하였다. 나는 자연스럽게 그와 대화를 나누게 되었다. 나를 일본인으로 본 그는 내가 한국에서 온 한국인이라는 것을 알게 되었고 나도 그가 오리건 주가 아닌 캘리포니아 주에서 온 여행자라는 것을 알게 되었다. 내가 한국에서 온 여행자라는 것을 알았을 때 그가 기뻐하던 표정을 나는 지금도 잊을 수가 없다. 마치 죽마고우가 오랜 세월이 흐른 후 나타나 반가워 어쩔 줄 모르는 표정이었다. 그는 자기가 산타모니카라는 곳에서 살며 그곳도 태평 연안으로서 해변의 경치가 아주 뛰어난 곳으로 아주 유명한 관광지라고 설명하고 나를 자기 집에 초대하겠다고 제의하였다. 내가 그의 초대에 응하기만 하면 그는 나의 침식은 물론 자기가 휴가를 얻어 나를 안내해 주겠다는 것이었다. 그는 진심으로 제의하는 것 같았다. 그는 자기 주소와 이름, 전화번호 등을 적어 주었다.

그의 제의를 받은 나의 기쁨은 말로 표현할 수 없었다. 내게 그런 호의를 베풀 친구를 얻었다는 것도 기뻤고 큰 비용 안 들이고 미국의 한 지방을 여행할 수 있다는 점 또한 기뻤다. 그가 생면부지의 나에게 왜 이처럼 호의를 베푸는지를 알고 싶어 물었다. 그의 대답은 간단하였다. 그가 서울 올림픽 때 한국을 방문한 적이 있는데 그때 어느 한국인으로부터 받은 따뜻한 환대를 자기는 잊을 수 없었다고 했다. 그는 이제 자기가 그때 입은 은혜를 돌려줄 기회가 왔다며, 우연이지만 나를 만나게 해 준 하나님께 감사한다고 했다.

사실 나는 많은 사람들로부터 헤아릴 수조차 없을 정도로 많은 은혜를 받아왔다. 그때는 은혜를 되갚으리라 생각했으면서도, 지금은 이를 되갚을 생각조차 하지 않고 살아가는 염치없는 사람이다. 가장 크고 많은 은혜를 베풀어주신 아버지께서 돌아가시고 난 후 당신으로부터 받은 은혜를 되갚으리라 생각은 했으면서도 그럴 기회가 영영 사라져버렸다는 안타까움에 항상 우울한 나날을 보낼 수밖에 없었다.

내가 은혜 입은 분들 중에는 이미 돌아가신 분들도 계시고 살아 계시는지 행방도 모르는 분들도 많다. 혹은 먼 곳에 계셔서 찾아 뵙기가 어려운 경우도 있다. 설령 가까이 사신다 하더라도 내 생활이 바쁘단 핑계로 모른 체하며 살아온 게 사실이다. 이런 나에게 그는 아주 간단하고 명료한 깨달음을 주었다.

내가 받은 은혜는 나에게 은혜를 베푸신 분이 아니라 누구에게 라도 갚으면 된다는…….

나는 부모님으로부터 받은 은혜는 물론이고 지금까지 여러 사람들로부터 받은 은혜를 돌려드릴 방법을 알게 된 것이다. 이 일은 나로 하여금 늘 부모님께 가졌던 죄스러움으로부터 벗어날 수 있게 해 주었다. 또한 이제까지 많은 분들로부터 받은 은혜를 가까이서 내가 할 수 있는 방법으로 갚아나갈 수 있도록 일깨워 주었다. 사실 내 주위에도 도움이 필요한 사람은 너무나 많다. 내가 모르는 척 외면하지만 않는다면…….

다시는 못 만날지도 모를 젊은 친구에게 감사를 전한다.

문을 여니
파리가 먼저 들어온다

　나는 1989년도 여름에 중국 여행을 한 바 있다. 그 당시 중국은 개방정책을 취하고 서구사회에 문을 열기 시작했다. 개혁개방의 기치를 내걸고 서구 자본주의의 장점을 받아들여 사회체제 개혁과 경제개발에 심혈을 기울이고 있었다. 일반 대중들도 비록 어설프기는 하였으나 경제의 개념이나 시간의 경제적 가치, 경쟁의 원리 등을 깨우치고 있었다. 이때는 국교를 맺은 상태는 아니었지만 우리 한국과도 비정치적인 분야에서 제한적이나마 교류를 하고 있었다.

　나는 중국이 비록 변하고는 있으나 너무나 오랫동안 외부세계와 단절되어 있었기 때문에 그들의 문화를 원형그대로 보존되어 있으리라 기대하였으며 중국이 서구문명으로부터 영향을 받기 전에 중국을 여행하게 되어 무척 기뻤다.

　기대했던 대로 나는 중국 본래의 전통문화를 중국의 여러 장소에서 맛볼 수 있었다. 그러나 중국의 개혁개방을 선도하고 있는 광주나 상해 같은 해안 대도시를 방문했을 때는 서방의 어떤 대도

시에 와 있는 느낌을 받았다. 복잡한 거리, 높은 빌딩, 왕래하는 시민들과 진열된 상품, 오염된 강물 등, 이 모든 것들이 서방의 도시와 다를 바 없었다. 밤에는 술과 노래와 춤을 즐기는 사람들로 거리가 화려하였고 서구의 퇴폐 문화를 흉내 내고 있었다. 더욱 놀라운 것은 그들 누구도 그런 문화를 경계하지 않고 자연스럽게 받아들이고 있는 점이었다.

늘 그러한 분위기에 젖어 살아온 나로서는 이런 분위기가 그리 대수로운 문제는 아니었지만 수십 년 동안 통제된 사회체제에서 살아온 중국에서 불과 몇 년 동안의 개방 끝에 이런 분위기로 바뀐 것을 생각하니 그저 신기할 따름이었다.

나는 중국이 서구적 기준에서 볼 때, 경제적으로는 아직 덜 발달되고 미숙한 점이 있더라도 그들의 도시가 서방의 수준 낮은 문화, 특히 지하 문화로부터 격리되어 순수하고 고전적인 모습을 보여주리라고 기대했었기 때문에 이러한 그들의 모습에 다소 실망하였다. 나는 동행한 중국인에게 중국에 유흥퇴폐 문화가 이처럼 발달하였을 줄 몰랐다고 말했다. 그는 망설이지 않고 명료하게 대답하였다.

안내의 어려움

"문을 열고 보니 파리가 먼저 들어온 거지요."

도시의 탁한 공기를 피해 맑은 공기가 그리웠던 나의 한 친구가 지난여름 휴가기간 농촌에 와서 체류한 적이 있었다. 그가 휴가를 끝내고 돌아갈 무렵 나는 그에게 농촌 생활이 어떠했는가 물은 적이 있는데 그는 공교롭게도 파리 이야기를 하였었다.

"공기는 좋은데 문을 열어 놓으면 파리가 들어와 귀찮았다."는 것이었다.

개인이든 나라든 오늘날과 같은 개방시대에는 문을 잠그고 혼자 살 수는 없다. 시대 조류가 그것을 가능하게 하지도 않을 뿐만 아니라 혼자 사는 것이 가능하다 할지라도 그리하면 자신만 낙오되기 십상이다. 더구나 오늘날 세상은 교통과 통신이 발달하여 인간이나 상품의 유통이 아주 활발하다. 오늘 우리를 깜짝 놀라게 한 신제품이 내일이면 아무도 거들떠보지 않는 일반 제품이 되어 버리고 어느새 더욱 효용가치가 좋은 신제품이 나와 사람들이 어제까지도 신제품이라고 대견해 했던 제품을 창고 구석에 밀어 넣어 버린다. 아침에 일어나면 온 세상으로부터 쏟아져 들어온 새로운 정보를 접할 수 있고 아침에 서울에서 조간신문을 본 여행자가 저녁에 미국의 서부 도시에 도착하여 서울의 석간신문을 볼 수도 있다. 정보의 유통 속도 또한 얼마 전까지만 하더라도 상상할 수조차 없는 속도로 빨라졌다. 하물며 인터넷 세상에 살고 있는 오늘날 우리는 온 세상의 온갖 정보를 실시간으로 접하고 있다. 뉴욕을 여행할 때 그곳에서 유행하던 의상을 귀국하여 서울에서 바로 발견하는 것도 어렵지 않다. 우리는 지금 이와 같은 시대에 살고 있는 것이다. 이런 세상에서 외부세계와의 교류를 단절하고 홀로 살아갈 수 있다고 생각하는 것은 참으로 어리석은 일이다.

외부 세계에 문을 연다고 하여 반드시 득이 되거나 유익한 것만 들어오는 것은 아니다. 들어오지 않았으면 하는 외국의 저질문화나 퇴폐문화, 민족 감정을 불러일으키는 적대문화 등도 함께 들어올 것이다. 만일 우리가 외래문화의 수용자세가 잘못되어 있다면 외래문화의 무절제한 유입은 우리에게 해악을 먼저 가져다줄 것이다. 문을 열면 맑은 공기와 함께 파리가 들어오는 것처럼.

파리가 들어온다고 문을 걸어 잠그고 살 수는 없는 것이다. 맑고 깨끗한 공기를 받아들이기 위하여 문을 활짝 열자. 그리고 우리 힘을 합쳐 파리를 잡아내자.

안내의 어려움

취미생활

　나는 원래 별다른 재주를 갖고 태어나지를 못했다. 어떤 분야에 특별한 관심이나 흥미를 가지고 있지도 못하다. 경제적으로도 아주 어려운 시대에, 집안 형편도 어려운 가정에서 태어나 자랐고 나의 소질이나 능력을 제대로 발굴하고 가꿀만한 여유도 없이 자랐기 때문이어서인지 나로서는 유감스럽게도 무엇 하나 잘하는 것이 없다.

　배구니 축구니 농구니 야구 등등 그 많은 종류의 운동 종목 중 내가 남보다 잘하는 게 없다. 학창 시절에 체육대회 때 다들 웬만하면 한 가지 운동 경기에 참가하게 되는데 나는 어느 경기에도 끼이지 못했었다.

　뿐만 아니라 나는 음악적인 면에서도 형편없다. 천성적으로 음치로 타고났고 악기 하나 변변히 다룰 줄도 모른다. 그렇다고 춤을 잘 추는 것도 아니요 남들 아무나 추는 막춤을 출 용기도 없다. 그림을 잘 그리는 것도 아니요 하다못해 비유좋게 사람들과 수다를 잘 떨지도 못한다. 손재주가 있어 기계나 기구를 잘 다룰 줄 안다면 좋으련만 내겐 그런 재주도 없다.

누군가 내게 취미나 특기가 무엇이냐고 물어보면 나는 그때마다 무엇이라고 대답하여야 할지 몰라 망설이곤 한다. 특기는 특별히 잘하는 것을 말함이니 내겐 그런 재주가 없다 하면 되겠으나 취미가 뭐냐 하면 궁색하게라도 답변하지 않을 수 없다. 궁리 끝에 어떤 때는 등산이 나의 취미라 하고 또 다른 때는 영화 감상이나 바둑 혹은 여행이라고 대답한다. 그렇다고 내가 남보다 오른 산이 많거나 자주 산에 다녀오는 것도 아니다. 영화를 본 지는 반 년이 넘었고 바둑을 잘 둔다고 남에게 드러내놓고 말할 수 있는 실력도 못 된다. 요즈음같이 교통이 편리한 세상에 나만큼 가본 곳이 없는 사람도 드물 것이다. 나로서는 이들 중 어느 것도 나의 취미라고 이야기하기가 사실 좀 쑥스럽다. 더구나 누군가 내게 취미생활에 대하여 구체적으로 설명해 주기를 요청이라도 한다면 참으로 난감할 것이다.

나는 이따금 나의 제자들의 취미활동에 대하여 조사를 한다. 그들이 나와 달리 얼마나 멋진 취미활동을 하면서 살아가는지 알고 싶어서이다. 오늘날 신세대는 내가 자랐던 시대와는 여러 가지로 좋은 여건에서 성장하고 생활하기 때문에 분명히 나와는 뭔가 다른 취미 생활을 하고 있으리라 생각한다. 그런 만큼 자신의 취미에 대하여 확실하고 분명하게 얘기할 것이라 기대해 본다.

그러나 그런 나의 기대는 항상 어긋났다. 그들 대부분도 역시 자신의 취미가 무엇이라고 선뜻 말하지 못했다. 그들도 나처럼 우물쭈물하는 경우가 많았다. 취미가 무엇이라고 말한 사람도 내가 그랬듯, 자신들의 취미에 대하여 구체적으로 말하지 못하였다. 각종 세계 스포츠 대회에서 좋은 성적을 거두고 음악이나 미술 등 예술 분야에서도 우리 민족이 두각을 나타내고 있다. 그런 걸 보면 우리 민족이 세계 어느 민족보다도 예술이나 체육에 재능을 타고났음을 알 수 있다. 따라서 그러한 여러 가지 분야에 취미를 가지고 있는 사람이 많을 텐데도 불구하고 취미생활을 제대로 하는 사람은 드문 걸 보면 우리 아이들의 성장 과정에 문제가 있다 할 수밖에 없다. 사실 우리는 아이를 개인차나 개성을 무시하고 천편일률적이고 획일적으로 학과 공부에만 매달리도록 키워왔다. 국어나 수학이나 영어 같은 소위 중요과목 학습에만 그들의 시간을 다 보내다 보니 자신이 무엇을 좋아하고 자신의 관심이 어디에 있는지 알 수 없게 되었다. 그들은 급기야 자신은 아무것도 잘하지도 못하고 흥미도 없고 관심도 없는 사람으로 생각하게 되었다.

언젠가 내가 아는 미국인에게 그의 취미에 대하여 물었을 때 그는 자신의 취미가 개집 짓기, 낚시하기, 채소 가꾸기, 수영하기, 등산하기, 여행하기, 정원 가꾸기 등이라고 대답하였다. 나는 그

가 이처럼 여러 가지를 취미라고 이야기하는 것이 이상하기도 하였고, 개집 짓기나 채소 가꾸기 등도 취미라 말하는 게 어울리지 않아 그런 것들은 취미라 할 수 없지 않냐고 물었다. 그러나 그는 자기는 개집 짓기를 좋아하나 목수가 아니고, 낚시를 좋아하나 어부는 아니며, 채소 가꾸기를 좋아하나 농부는 아니고, 정원 가꾸는 것을 좋아하나 정원사는 아니라고 했다. 자기는 그런 것들을 직업으로서 하는 것이 아니고 재미로, 취미로 한다고 하였다. 따라서 자기가 좋아서 하는 것이므로 그런 일들은 자기의 취미라고 말했다.

그의 취미활동은 그의 일상생활과 밀접한 연관을 맺고 있었는데 나는 그 점이 무척 인상적이었다. 이제는 나도 영화감상이나 등산, 여행 등 외양적으로 말하기에 고상해 보이는, 그러나 실제 나의 활동과는 거리가 먼 것들을 더 이상 나의 취미라 말하지 않겠다. 그 대신 일상생활에서 내가 흔히 접하는 것들을 나의 취미로 여기겠다. 누군가 내게 당신의 취미가 무엇인가 물으면 나의 취미는 집안청소하기, 채소가꾸기, 요리하기 등이라고 말하겠다.

잘못 달려온
세월

지난 수십 년 동안 우리는 너무 정신없이 달려왔습니다. 우리 모두가 꿈꾸던 그림 같은 세상에서 언제나 행복하고 풍족하게 살아갈 줄 알았습니다. 우리 모두는 누구보다도 더 빨리 앞으로 나아가려고 몸부림쳤습니다. 그동안 누구도 뒤를 돌아다보려 하지 않았습니다. 옆눈질도 하지 않았습니다.

남보다 더 빨리 앞으로 간 사람들은 대부분 출세를 하여 사회 지도층이 되었고 뒤따라가는 사람들의 귀감이 되었습니다. 그들은 많은 사람들에게 세상은 이렇게 사는 것이다 하고 실증적으로 가르쳐 주었습니다.

가난을 벗고 부자가 되자는 우리의 목표는 절대적인 지지를 받고 있었습니다. 모든 가치는 돈으로 환산되기 시작하였습니다. 돈으로 환산되기 어려운 것은 그 가치를 곧잘 무시당하기 시작했습니다.

사람들은 돈이 무엇인지 알기 시작했습니다. 아름다운 것으로만 여기던 울타리에 핀 장미가 시장에 내다 팔면 돈이 된다는 것을 알았습니다. 사람의 일도 능력에 따라, 힘에 따라 가치가 다르다는 것을 깨닫기 시작했습니다. 이 순간부터 힘이 센 사람은 힘이 약한 사람과 품앗이를 하지 않게 되었습니다. 사람들은 주변을 돌아보지 않고 자기 일만 먼저 챙기게 되었습니다.

동네에 어른이 사라지기 시작했습니다. 힘이 빠진 노인들은 이제 이웃은 물론 자식들로부터도 권위를 잃어버렸습니다. 그들은 어른이 아니고 그저 여생을 어쩔 수 없이 살아가는 부양의 짐이 되는 존재로 전락했습니다. 가난한 선비 또한 아무런 대접도 받지 못하게 되었습니다. 그의 훈계는 이젠 가르침이기는커녕 주책 없는 늙은이의 잔소리로 변했습니다. 사람들은 여기저기 쏘다니며 돈 될 일을 잘도 알아다 주는 누군가의 말에 귀 기울이기 시작했습니다.

아무도 남을 존경하지 않았습니다. 이웃의 어려움도 외면하였습니다. 자신이 손해나는 일은 결단코 하지 않았습니다. 우리는 오로지 쉴 새 없이 앞으로만 뛰었습니다. 더 나은 삶을 찾아서……

이제 많은 사람들은 처음 목표한 대로 부자가 되었습니다. 그들은 넓고 큰 집에 좋은 가구들을 들여다 놓고 좋은 옷을 입고 좋은 차를 타며 살고 있습니다. 무엇이든 원하는 것이면 사고 몸에 좋다는 것은 다 구해 먹으며 살고 있습니다. 사람들이 모인 곳에 가서 잘난 체하며 거드름도 피웁니다. 세상은 참으로 살맛 나는 곳이라고 생각도 해 봅니다. 자신은 자신이 성공한 사실로 인해 마땅히 존경받아야 한다고 생각합니다.

그러던 어느 날 그들은 문득 뒤를 돌아다보았습니다. 옆도 보았습니다. 주위 사람들이 자기를 존경하고 있지 않다는 것을 깨달았습니다. 존경은커녕 아는 체도 하지 않았습니다. 도대체 웃는 얼굴로 다가오는 사람들은 없었습니다. 한가족처럼 지내던 이웃들은 모두 어디로 떠나갔는지 주위엔 생면부지의 사람들이 아무런 표정도 없이 모여 살고 있었습니다.

어려웠던 시절엔 그래도 웃으며 살던 날이 많았습니다. 속상한 일이 있을 땐 그래도 터놓고 지낼 형제와 친구들이 있었습니다. 궂은일이 있을 땐 먼저 달려와 도와줄 친지들이 있었습니다. 자신의 기쁨이 곧 이웃의 기쁨이요 이웃의 슬픔은 곧 자신의 슬픔이던 때가 있었습니다.

정말 잘못 달려온 세월인 듯합니다. 얻은 것은 하나요, 잃은 것은 열이 넘는 듯합니다. 이웃의 얼굴에서도 그들이 결코 행복하지 않다는 것을 느낄 수 있습니다. 그들도 모두 고독하게 살고 있다는 것을 알 수 있습니다. 그들이 겉으로는 행복하고 만족스러운 체하지만 그들도 잘못 살아온 세월을 후회하고 번민하고 있다는 것을 그들의 표정이 말해 주고 있습니다.

우리는 애초부터 모든 것을 돈으로 환산하는 게 아니었습니다. 세상엔 돈보다 더 귀한 것이 많다는 것을 알아야 했습니다. 사랑과 우정, 형제간의 우애, 이웃 간의 끈끈한 인정, 할아버지와 동네 어른들의 권위 등은 돈으로 바꿀 수도 없고 돈으로 환산할 수 없는 귀한 것들이라는 것을 알아야 했습니다.

행복은 돈으로 구할 수 없습니다. 만일 우리 사이에 사랑이나 우정, 믿음 그리고 그 밖의 인간적인 것들이 없다면 좋은 집이나

1. 더불어

좋은 가구, 좋은 옷, 좋은 차 따위가 무슨 의미가 있겠습니까?

　이제라도 제자리로 돌아가야 합니다. 모든 가치를 제자리에 두어야 합니다. 더 늦기 전에 할아버지, 할머니가 우리들에게 무엇을 원하는지를 깨닫고 우리 자식들에게도 일러줘야 합니다. 이웃은 무엇이며 사랑과 우정은 무엇인지 왜 우리가 각각이 아니라 함께 더불어 살아가야 하는지를 알아야 합니다. 우리가 추구하는 행복은 과연 어디서 오는 것이며 행복한 삶을 위해 우리는 어떻게 살아가야 하는지도 고민해야 합니다. 옆에 있는 사람이 어떻게 살아가고 있고 무엇을 걱정하며 살아가고 있는지 잠시 귀 기울여봐야 합니다. 좀 쉬었다 뒤에 따라 오는 사람과도 어깨동무하고 고개도 함께 넘을 줄 알아야 합니다. 아무리 풍족하고 아름다운 세상이라도 혼자 살아야 한다면 그처럼 허무하고 지루한 세상은 없을 것입니다.

오늘도 신나는
하루이고 싶습니다

한 번뿐인 인생을 신나는 세상에서 살고 싶습니다. 아침에 일어나면 밝게 웃는 아내의 얼굴을 보고 싶습니다. 방문을 열면 환하게 웃으며 달려드는 자식들을 기쁜 마음으로 맞아들이고 싶습니다. 창문을 열고 이제 막 솟구치려는 동녘의 아침 해를 쳐다보며 가슴 속 깊이 맑고 신선한 아침 공기를 채워 넣고 싶습니다.

아이들과 함께 아침 산책을 나섰습니다. 이른 아침이라 거리는 깨끗합니다. 밤새 거리를 청소하느라 애써주신 분들께 감사의 마음을 보내고 싶습니다. 산책길에 마주치는 사람들은 모두 밝고 활기찬 얼굴들을 하고 있습니다. 벌써 일을 시작하신, 고마운 분들도 많이 만납니다. 신문을 배달하느라 가가호호 뛰어다니는 아직은 어린 소년부터 요구르트나 우유를 배달하시는 아주머니, 덜 치워진 골목길을 치우고 계시는 할아버지도 계십니다. 어디를 가시는지 옷을 잘 차려입고 아침 일찍 길을 나선 아저씨도 계십니다. 나이 드신 할아버지를 모시고 산보를 하고 계신 아저씨 모습도 보기 좋지만 할머니와 오순도순 이야기를 나누시며 산보하시는 할아버지 모습을 뵙는 것도 나로서는 신나는 일입니다.

아침 식탁은 간단하지만 정결한 아내의 정성이 배어 있어 좋습니다. 아내의 요리엔 항상 사랑이 담겨 있습니다. 남편과 자식을 아끼고 사랑하는 아내의 마음은 맛깔스런 요리 여기저기에 배어 있습니다. 되풀이되는 봉사에도 아내는 짜증내는 일이 결코 없습니다.

출근길은 즐겁습니다. 직장과 학교에 가는 사람들로 거리는 가득 메워졌습니다. 오가는 사람 모두 밝게 웃으며 지나갑니다. 사람들은 밤새 무슨 일이 그렇게 많았는지 삼삼오오 그들끼리 왁자지껄합니다. 그들의 표정에서 그들이 즐거운 이야기를 나누고 있다는 것을 읽을 수 있습니다.

직장에서 만나는 사람들은 늘 보는 사람들이어서인지 더욱 정겹습니다. 그들의 표정은 오늘도 당신과 같이 사이좋게 지내고 싶다는 뜻을 전해 줍니다. 직장에서는 할 일이 많습니다. 끝도 없는 일들이 날마다 다가옵니다. 대부분의 일들은 쉽게 마무리되지 않습니다. 어떤 일들은 계속하여 미결 상태이고 어떤 일들은 정말로 머리를 아프게 합니다. 세상일이 다 그렇듯 모든 일이 다 내 뜻대로 내 능력으로 완결되는 것은 아닌 듯합니다. 상사로부터 책망도 듣습니다. 어떤 일은 나의 부주의나 능력 부족으로 잘못되는 경우도 있으나 어떤 때는 정말 억울하게 내가 밝힐 수 없는 누명을 쓰는 경우도 있으며 어떤 때는 상사의 오류 때문에 내가 곤경을 처하게 되는 경우도 있습니다. 온갖 속상함을 나는 가슴 속에 가득 묻어 둡니다. 마음이 약한 나는 다른 사람에게 화를 내지 못합니다. 그리되면 오늘 하루가 신나는 하루가 될 것 같지 않기 때문입니다.

그래도 아직 일이 있기에 신납니다. 일이 미진한 채로 남아 있기에 더욱 신납니다. 모든 일이 다 이루어졌다면 그 일이 내가 아니고 아무나 해도 되는 일이라면 그래서 특별히 내가 하여야 할 일이 없다면 그런 세상에서 내가 신날 수 있겠습니까? 그 일은 나와 인연이 있어 나를 만나게 되었겠지요. 어렵고 힘든 일을 해결하고 났을 때의 신나는 기분을 어디다 비교할 수 있을까요?

한적한 시골에서 사는 것 또한 신나는 일입니다. 잠시 휴식 시간에 사무실 창을 열면 산과 들이 한눈에 들어옵니다. 창문을 통하여 절기가 바뀌고 자연은 계절의 섭리대로 변화되어 갑니다. 봄, 가을에는 들에서 일하시는 농부의 모습을 보고 그들에게 고마움을 느낄 수 있어서 좋습니다. 나는 그들로부터 근면한 농부이셨던 아버지와 내가 어릴 때 자라며 뵙던 이웃집 아저씨의 체취를 맡습니다. 그분들은 내게 삶의 진정한 의미가 무엇이고 일이란 무엇을 의미하는지를 아주 어릴 적부터 가르쳐주셨습니다. 창문 밖으로 보이는 오색의 단풍 또한 세상사는 맛을 신나게 하여줍니다. 자연 변화의 오묘한 이치를 이들 단풍나무들로부터 배울 수 있습니다. 물들어야 할 때 물들고 떨어져야 할 때 떨어져서 다시 새순이 돋아나고 그러는 사이에 절기가 바뀌고 내게도 한 해의 세월이 흘러갑니다.

퇴근길엔 바쁜 걸음으로 집에 돌아옵니다. 오늘 하루, 나와 아내와 아이들과 따로 지낸 일이 궁금하기도 하고 편안한 안식처가 그립기도 하여 선걸음으로 돌아옵니다. 일과 후에 가족들과의 재회는 마음을 안온하게 합니다. 바쁘고 복잡한 세상살이에서 우리 가족 모두 주어진 일을 성실히 수행하고 밝은 표정으로 만날 수 있어서 기쁩니다. 오늘 우리가 경험한 모든 것들은 세상을 더 신나게 사는 데 도움을 줄 것입니다. 아이들은 그들이 보고 들은 모든 이야기들이 마치 이 세상이 존재한 이래 처음으로 일어난 일인양 떠들어 댑니다. 나는 늘 듣던 이야기인데도 그들 이야기에 정신이 팔려 오늘도 시간이 다 가고 있다는 걸 잊고 있습니다. 내일 또 신명나는 하루가 지속되기를…….

가까운 이웃과
더욱 가까이

　생각해 봅시다. 혼자 산다면 얼마나 외로울까요? 그때 옆에 누구라도 한 사람만 나타나면 얼마나 반가울까요? 아마 당신은 모든 걸 양보하고 그와 더불어 살겠지요. 당신 곁에 단 한 사람만 있다면, 그와 다른 사람을 비교하며 좋고 나쁨을 이야기하지 않겠지요. 그의 얼굴이 어떠니 그의 몸매가 어떠니 그의 마음씨가 어떠니 얘기하지 않을 것입니다. 그저 그를 좋아하고 그가 갈까 조바심내며 지내지 않을까요.

　모든 것이 다 필요한 것이므로 존재하는 것이고 각각은 존재하게 된 필연적인 이유가 있기는 합니다만 세상엔 지천이어서 필요 이상으로 많다고 생각되는 것들이 많습니다. 그중에 참 많은 게 사람인 듯합니다. 어느 하루도 사람을 안 보고 사람을 피하여 살기란 쉽지 않지요. 거리나 공원, 운동장이나 식당에 가보아도, 심지어는 병원에도 웬 사람이 그렇게 많이 몰려드는지 모를 일입니다. 가히 이 세상은 사람의 바다라 할 만하지요. 그 많은 사람들이 나와 함께 이 좁은 세상에서 살아갈 수 있다는 게 신기할 따름이지요.

많은 사람들 속에 늘 묻혀 살면서도 지금까지 나는 그들과 아무 관계가 없다 생각하며 살아왔습니다. 그들은 그들의 집에서 그들과 가까운 사람들과 살고, 그들이 먹는 음식은 내가 먹는 음식과 다르며, 그들의 생각이 나와 다르고, 그들이 가는 길이 내가 가는 길과 다르다고 생각했습니다. 그들의 이익도 나의 이익이 아니고, 그들의 행복은 나의 행복이 아니라고 생각하며 살았습니다. 그들이 즐거울 때 내가 즐겁지 아니하였고 그들이 슬플 때 나와는 상관없다고 외면하고 그들을 모른 체하며 살 수 있었습니다.

그러던 어느 날, 문득 주위를 둘러보게 되었습니다. 난 혼자였습니다. 그들 누구도 내가 누구인지 알아보지 못하는 듯했습니다. 그들은 다만 내 곁에서 존재하고 있을 뿐이었습니다. 사랑이나 우정, 믿음이나 봉사가 없는 가히 사람의 사막에서 말입니다.

한동안 얼굴이나 관습, 언어도 우리와 다른 이국땅에서 지낼 기회가 있었습니다. 아무도 내 말을 들어주지 않고 진정으로 나를 걱정해 주지 않는, 그래서 아무하고도 상관이 없는 듯한, 그런 세계에서의 삶의 경험은 진실로 우리가 산다는 것이 무엇을 뜻하는지 느끼게 했습니다.

처음 며칠간은 참으로 마음이 편했습니다. 누구로부터도 주목을 받지 아니하고 아무도 나를 해치거나 시기하거나 미워하지 않는 듯했습니다. 다른 사람들의 참견 때문에 고민하거나 다른 사람의 눈치를 볼 필요가 없는 세상에서의 삶은 나로 하여금 속세로부터 해방된 기분을 느끼게 하였습니다. 좋은 생활이었지요.

그러나 그런 생활이 며칠 지난 후, 나는 사람을 찾아 나서야 하

안내의 어려움

였습니다. 내 말을 들어줄 사람이 그리웠습니다. 그가 비록 나를 흉보고 괴롭히더라도 곁에 누군가가 있어 주었으면 하는 마음이 간절하였습니다. 우주를 이야기하고 세상을 이야기하기 전에 나를 이야기하고 우리를 이야기해 줄 사람이 필요했습니다. 일상의 삶을 이야기하고 사랑과 우정을 이야기할 벗이 그리웠습니다.

　그러던 어느 날, 나는 나와 닮은 사람을 찾아냈습니다. 일본인 이었지요. 그런데 그가 일본인이 아니고 전라도 사람이건 경상도 사람이건 한국인이었더라면 얼마나 좋았을까요? 그가 만일 내가 사는 고향, 시골구석에서 온 사람이었더라면 그 기쁨을 어찌 글로 표현할 수 있었겠습니까? 우리들의 이야기가 끝도 없이 길게 이어져 만리장성보다 더 길었을 테지요.

　그러나 난 일본 사람도 반가웠습니다. 그는 난생 초면인 데다가, 내가 사는 고향이 일본과 가깝고 그의 머리가 나처럼 검고 생김새가 비슷하다는 걸 제외하면 내가 그를 반가워해야 할 까닭이 하나도 없는 데 말입니다.

고향에 있는 아내와 자식들, 이웃들이 머리에 떠올랐습니다. 같이 있을 땐 그저 곁에서 살아가는, 특별한 의미를 모르고 살던 사람들이 내 머릿속에서 떠나지 않았습니다. 그들이야말로 내가 세상에 존재하는 이유라는 것을 알았습니다. 내가 사는 의미는 결국 먼 나라에 있는 것이 아니고 내가 사랑하는 가족과 이웃에 있다는 것을 알았습니다. 같이 즐거워하고 같이 마음 아파하고 같이 힘을 모으고 서로 위하여 주는 사람과 함께 같이 산다면 그 밖에 더 많은 것들을 손에 넣어 무엇 하겠습니까? 가까이 있는 사람과 더 가까이 지내자고요.

안내의 어려움

故 性徹 큰스님께

　저는 불교 신자가 아닙니다. 불교의 가르침에 대하여 아는 것도 없습니다. 나무아미타불은 아무타불에 의지한다는 뜻이고 관세음보살은 자비로운 보살이라는 뜻이라는 정도밖에는 불경 한 구절 외거나 이해하지 못합니다. 유명한 산에 가면 큰 사찰이 있고 그곳에 석가 부처님을 비롯하여 저로서는 이름도 모르는 많은 부처님들을 모셔놓고 많은 불자님들이 기도하고 수행하는 것을 본 정도가 제가 아는 상식입니다. 그나마도 이름난 사찰들이 명산에 있지 아니하고 저희가 사는 속세에 있었다면 저로서는 자비로우신 부처님의 미소조차 그려낼 수 없었을 것입니다.

　속세에 묻혀 사는 저로서는 불도를 깨우친다는 것이 무엇을 의미하며 그러기 위하여 얼마나 많은 수행을 하여야 하는지 미루어 짐작할 뿐, 과연 그것이 어리석은 중생들에게 어떤 가치가 있는지 헤아리지 못합니다. 그런 가치는 우리가 머물고 있는 세상이 아닌 다른 세상의 가치라 믿어왔습니다. 저는 어떤 연유에서인지는 모르나 소위 사람들이 사는 방식대로 이 세상을 살아왔습니다. 그들이 좋아하는 보석을 좋아하고, 그들이 탐하는 재물을 탐하며, 그들이 사랑하는 겉모습이 예쁜 사람을 사랑하고, 그들이 추구하는 돈과 권력을 탐하며 살아왔습니다. 의로운 길이 아닌 줄 알면서도 제게 이익을 가져다주는 길이면 저는 주저 없이 그 길로 들어섰습니다. 베풀지 못하고 거둬들이기에 급급하였습니다. 언제나 편하고 쉬운 길을 택하고 고되고 어려운 길은 애써 외면하였습니다. 혹 오늘 힘들고 귀찮은 일을 할지라도 훗날 저와 저의 자식들이 더 편하고 안락하게 지낼 수 있을 것이라는 이기심 때문에 했고, 자식들에게도 소위 속세에서 편하고 요령 있게 사는 방법을 일러주었습니다. 그리고 그렇게 사는 길이 바른 길이라고 억지를 부렸습니다.

성철 스님께서 열반하신 후, 우매한 저에게도 스님에 관한 많은 일화가 전해졌습니다. 대부분 단편적인 것들이어서 이를 통하여 스님께서 쌓아올린 높은 경지를 어리석은 제가 어찌 알겠습니까. 다만 스님의 일화를 접할 때마다 저는 스스로 부끄러워 견딜 수가 없었습니다. 사실 스님께서 살아계실 때는 불도가 아닌 저로서는, 스님에 대해 속세에서 흔히 만날 수 있는 스님 중에 한 분이라고 생각했습니다. 또한 스님의 고행은 오로지 스님 자신을 위한 것일 뿐 속세에 머무르고 있는 저에게는 그저 하나의 기행으로만 여겨졌습니다. 스님께서 열반하신 후에 스님께서 남기신 가장 큰 보배는 역시 '사리'라고 생각하면서 사리 수습이 끝날 때까지 얼마나 많은 사리가 나올까 여간 궁금한 게 아니었습니다. 사람들은 참으로 많은 사리가 나올 거라 말하고 다녔습니다. 저의 마음 한구석에서는 스님의 몸에서 사리가 안 나오든지 기대했던 만큼 나오지 아니하여 사람들의 기대에 어긋나고 그로 인해 사람들의 입방아에 오를까 걱정이 되었습니다. 다른 한편으로는 석가모니보다 더 많은 사리가 나와 세계적인 이슈가 되었으면 하는 소망도 하였습니다. 제 생각의 어리석음을 너무 나무라지 마십시오. 저는 본디 어리석은 사람이어서 어리석은 생각으로 제 머리가 가득 차 있음을 압니다. 어리석은 사람이 어리석은 생각을 하는 것이 어찌 죄이겠습니까?

속세에도 가르침은 있습니다. 제가 우매하여 속세에서 주는 가르침조차 제대로 깨닫지 못할 뿐이지요. 혹 그중 어떤 가르침을 깨닫는다 하더라도 이를 외면하고 행하지 않았던 때가 많았습니다. 뿐만 아니라 저는 그 훌륭한 가르침대로 살아가지 못하는 것이 저 스스로 잘못 생각했기 때문이 아니고 어지럽고 복잡한 세상을 살아가기 위한 방편이라고 변명하면서 살아왔습니다.

마음을 차분히 하고 스님께서 세상에 남기신 유품에 대하여 음미하여 보았습니다. 많은 사람들이 너무나 보잘것없는 스님의 유품에 놀라며, 역시 큰 스님은 다르다고 하였습니다. 속세의 명망가들이 후세에 남기는 재산이나 유품은 놀라움을 줄 때가 많습니다. 어떤 분이 남긴 유품은 목록을 적는 데만 며칠이 걸렸다는군요. 후손들이 대대로 일을 하지 않고 놀고먹고 살아도 될 만한 것이었습니다. 저는 그들을 부러워했으며 저 또한 저의 자식들을 위하여 될 수 있으면 많은 재산을 물려줘야 한다고 다짐하면서 살아왔습니다. 이런 저에게 스님이 남긴 보잘것없는 유품은 많은 것을 깨우치게 하였습니다.

스님께서는 인간이 얼마나 세상을 깨끗하게 쓰고 갈 수 있는지를 가르쳐 주셨습니다. 어떻게 사는 것이 가치 있게 사는 것인지도 가르쳐 주셨습니다. 스님께서 저희들 모두에게 눈으로는 보이지 않는 유산, 참으로 어마어마한 양의 유산을 남겨주셨습니다. 저는 그것을 스님께서 남기신 그 초라하고 낡은 지팡이와 고무신 한 짝에서 그제야 볼 수 있었습니다. 스님께서 남겨주신 유산이야말로 누구나 나누어 가질 수 있고 영원히 닳아 헤어지지 않고 저의 마음속에 간직될 것입니다. 산을 보고 산이라 하고 물을 보고 물이라 하며 살아갈 것을 약속드리며…….

안내의 어려움

Springbuck의 습성이
나에게 주는 교훈

  아프리카에 스프링벅이라는 동물이 있습니다. 양의 종류로 무리를 지어 다니며 풀을 뜯어 먹고 살지요. 무리를 지어 초원을 다니다 보면 무리의 규모가 점점 더 커지게 되고 후편에 따라가는 양들은 이미 앞에 가던 양들이 풀을 다 뜯어 먹은 터라 뜯어먹을 풀을 찾을 수 없게 되겠지요. 그러니 새로운 풀을 찾으려고 양들 중 어느 양이 앞으로 달려나가기 시작합니다. 이때 풀을 뜯어 먹던 다른 양들도 이유를 모른 채 일제히 앞으로 뛰기 시작합니다. 문제는 자기도 먹이를 찾겠다고 먼저 뛰기 시작한 양조차도 어느새 자기가 지금 왜 뛰고 있는지를 잊고 다른 양들이 뛴다는 이유로 계속해서 뛴다는 것입니다. 그들 무리가 절벽에 이르렀을 경우에도 멈추지 못하여 때때로 절벽에 떨어져 죽거나 다친다고 하네요. 이 현상을 보고 사람들은 참으로 장관이라고 합니다만 참으로 불쌍한 장관이지요. 그들에게 그러지 말라고 말해 주고 싶은데 그리할 수 있는 방법이 없겠지요. 그런 습성이 없는 인간으로 산다는 것이 여간 다행스러운 일이 아니라고 스스로 자위해 봅니다.

　나는 스프링벅의 습성이 참으로 안 됐다는 생각에 잠기면서 지난 세월 내가 한 일들을 곰곰이 생각하다가 문득 스프링벅의 습성처럼 살아온 나 자신을 발견하고 놀랐습니다. 나 자신은 지금 내가 하는 행위의 끝이 어디인지, 그 결과 절벽 아래로 추락할지 어떨지 모르고 우르르 몰려다니는 사람들을 따라 다니다 낭패를 본일이 한두 번이 아닙니다. 나는 깊이 생각하지 아니하고 무턱대고 대학까지 졸업했습니다. 초등학교에 다닐 때는 으레 누구나다 받아야 하는 의무교육이었으니 고심할 필요도 없었지만 중학교를 왜 다녀야 하는지 생각지 아니하고 입학하고 졸업하였고 고등학교는 물론, 대학을 졸업할 때까지 왜 학교를 다녀야 하는지알지 못했습니다. 어떤 일이든 그 일에 내가 왜 참여해야 하는지모르고 참여하였습니다. 사람들이 몰려 있으면 별생각 없이 가세하였습니다.

　어떤 친구가 증권투자를 시작하였고, 내 주위에 사람들도 한다기에 나도 그 틈에 끼었습니다. 친구들이 여기저기 땅을 사러 다니던 날 나도 없는 돈을 빌려가며 여기저기 땅 좀 사볼까 기웃거리다가 기어코 거기에 가담하게 되었습니다. 사람들이 많이 입기 시작한 옷이 있으면 기어코 나도 그 옷을 입고 다녔습니다. 나도 모르게 우리 아이들을 여기저기 학원으로 돌리며 사교육을 불러 일으키는 데 한몫도 하였습니다.

이처럼 맹목적으로 누군가를 따라가 함께 뛰다가 절벽 아래로 떨어진 경우가 한두 번이 아닙니다. 내 친구 중에는 그 절벽 아래서 헤어 나오지 못한 친구가 많습니다. 나는 정말로 운이 좋게도 아주 높은 절벽은 만나지 않은 덕에 겨우 살아나기는 하였으나 헤어 나오고 보니 상처투성이입니다. 참으로 웃기는 것은 나는 늘 이러한 모든 과정이 참으로 값진 공부였다고 합리화하며 살고 있다는 점입니다. 맹목적으로 누군가를 뒤쫓아 가다가 잘못된 결과를 얻고서 그걸 값진 공부라 여기다니 참으로 우스운 일이 아닙니까?

이제라도 사람들 무리에 끼어 무턱대고 따라가지 않고 행동하기 전에 많이 알아보겠습니다. 많은 선배들한테 조언을 구하며 무슨 일이든 조심조심하여 절대 절벽에 다다르는 일이 없도록 하겠습니다. 특히 자기가 국가와 민족의 지도자라고 여기는 분들은 절대로 스프링벅의 습성을 갖지 않기를 고대합니다.

대학에 진학하려는
후배에게

　또다시 입시 철이 되었습니다. 우리 일상생활에서 대학 진학만큼 중요한 일도 많지 않을 듯합니다. 우리나라 교육은 중등교육은 고사하고 초등교육까지도 오로지 대학교육 그 자체에 초점이 맞춰져 있을 만큼 대학입시야말로 진학 희망자와 그 가족뿐만이 아니라 전 국민적 관심을 끌고 있는 것이 현실입니다. 대학 진학이 이처럼 국가적으로 큰 관심을 끌고 있음에도 불구하고 진학 희망자는 자신의 학과 선택을 극히 염려스러울 정도로 가벼이 한다는 점 또한 사실입니다. 대부분의 수험생은 자신의 장래 진로나 희망, 적성이나 특기, 혹은 여러 가지 여건 등을 성찰하지 않은 채 대학이나 전공학과를 마구잡이로 결정해버리는 듯합니다. 진로 결정에 참고할 만한 안내책자나 진로교육에 관련 있는 전문가들의 지도도 진로를 결정하는 데 본질적으로 고려할 사항은 도외시한 채 대부분 합격 가능성을 판단해 주는 역할에 초점을 맞추는 경우가 많습니다. 더욱 안타까운 것은 대학 교육 희망자가 입학원서를 내는 접수창구나 접수 마감일에 진학하고자 하는 학과를 이리저리 바꾼다는 점입니다.

"순간의 선택이 십 년을 좌우한다."는 전자제품 광고 문구가 유행한 적이 있습니다. 이 광고 문구는 전자제품 하나를 사더라도 신중을 기해 선택하여야 한다는 점을 소비자에게 깨닫게 하였습니다.

이에 비하면 대학의 전공을 결정하는 일이야말로 인간의 장래에 얼마나 중요한 영향을 미치는 것인지 굳이 말할 필요조차 없습니다. 이제 여러분은 참으로 중요한 선택의 기로에 서 있습니다. 지금부터 여러분이 가고자 하는 길은 여러분이 평생 걸어가야 할지도 모를 길입니다. 이처럼 중요한 길목에서 여러분의 선택이 후회 없는 최선의 선택이 되도록 신중을 기하여야 합니다.

우선 고려할 점은 역시 자신을 철저하게 알아야 한다는 점입니다. 자신이 가장 좋아하는 학과는 무엇이며 가장 재미있게 느껴지는 학과는 어디인가? 자신의 취미와 특기는 무엇인가? 자신이 잘하는 분야는 무엇인가? 자신을 철저히 파악하지 않고 자신의 앞날을 결정하는 어리석음을 범하지 말아야 합니다. 누구든지 만 가지 재주를 가지고 있지 않습니다. 아무것이나 해도 잘하는 사람은 없습니다. 직업의 종류가 극도로 세분화 되어가는 오늘날에 있어서는 어느 개인이 여러 가지 재주를 다 가지고 있을 필요조차 없습니다. 그는 다만 자기가 일하고 있는 분야에 대하여 전문적인 지식과 수행능력을 가지고 있으면 되는 것입니다. 현대사회에서는 자기 분야에서의 지식 발달의 속도도 따라가기가 여간 벅찬게 아닙니다. 자기가 좋아할 분야가 무엇인지 철저한 자기 탐구로 알아내야 합니다. 만약 자기탐구가 결여된 채 단지 일시적으로 인기가 있거나 일반적으로 장래성이 있어 보인다고 해서 혹은 부모님의 일방적인 바람이라는 등의 이유로 여러분의 진로를 결정한다면 여러분은 아마도 평생을 불만스러운 진로 때문에 후회할지도 모릅니다.

다음으로 직업의 세계는 참으로 다양하다는 것을 알아야 합니다. 현대사회에서는 직업의 종류는 많고 세분화되어 있습니다. 그 가운데서 자기 자신에게 적합한 직업은 무엇인지를 먼저 결정해야 합니다. 그 후에 그에 맞는 학과를 선택해야 합니다.

나는 수많은 수험생들이 전공에 관계없이 소위 명문대학에 들어가겠다고 하는 이야기를 들었습니다. 수험생뿐 아니라 그들의 부모님, 심지어는 진학 지도를 맡은 학교나 학원의 선생님까지도 이른바 명문대학에 진학시키는 길만이 최선이라는 잘못된 사고에서 빠져나오지 못하고 수험생의 진로 결정을 잘못 지도하는 경우를 흔히 볼 수 있었습니다. 우리는 명문대학이 진학하는 모두에게 만사를 해결하게 하는 능력을 길러주는 것은 아니라는 점을 깨달아야 합니다. 더구나 취미나 적성이 자신과 맞지 않는다면 당장은 명문대학의 원치 않는 학과에 합격할 수 있다고 하더라도 그 대학이 당신의 능력 개발에는 큰 도움을 주지 못할 것입니다.

우선 자기가 하고자 하는 일을 결정하고 그에 따라 자신이 전공하여야 학과를 먼저 결정하는 게 좋습니다. 대학은 자신의 합격 가능 여부에 따라 결정하면 될 것입니다.

여러분의 선배들 중에 자기의 대학 전공과 자신의 적성이나 장래진로가 맞지 않아 갈등을 느끼는 학생을 참으로 자주 만납니다. 어느 분야이든 지금 여러분이 택하는 길은 여러분이 평생 가야 할 길이 될 가능성이 많다는 것을 알아야 합니다. 그러니 여러분은 고려할 수 있는 모든 점들을 종합하여 자신의 진로를 택하여야 할 것입니다. 그래서 결정된 길이 어느 길이든 자신이 원하는 길로 가십시오. 누구도 자신의 인생을 대신해 줄 수는 없습니다.

만일 여러분이 이러저러한 이유로 대학에 진학할 수 없는 상황이라 하더라도 결코 낙심하지 마십시오. 대학만이 모든 것을 해결해 주는 요술 궁전이 아닙니다. 사회에는 대학을 나오지 않은 사람들이 기여할 분야가 얼마든지 있고 그런 분들이 성공한 사례가 셀 수 없이 많습니다.

癸酉年 사람들

　우리 역사상 전쟁이나 혁명이 없이 올해처럼 우리 사회에 변화의 물결이 많이 일었던 해도 드물 것입니다. 계유년 사람들은 이리저리 몰려다니며 무엇이든지 바꾸어야 한다고 주장했습니다. 신한국이니 신경제니 신질서 등과 같은 말들을 자주 사용했습니다. 우리 사회의 거의 모든 분야가 다 부패하여 이를 근원적으로 도려내지 않고는 우리 사회는 치유될 수 없다고 주장하는 사람들이 많았습니다. 이 시대의 참된 의미는 구태로부터의 변화이며 어느 누구도 이러한 시대조류를 거스를 수 없을 듯 보였습니다.

　변화의 바람은 일 년 내내 불었습니다. 이른 봄에 불기 시작한 바람이 계유년 사람들의 옷깃에 깊숙이 파고들어 도저히 이 땅에 따스한 봄이 올 것 같지 않은 느낌을 주었습니다. 한여름에 불어 닥친 바람은 폭우를 동반하여 많은 것을 떠내려 보냈습니다. 늦가을에 불어 닥친 회오리바람도 언제 어디서 불어 닥칠지 몰라 아슬아슬한 기분을 느끼게 했습니다. 계유년 사람들은 때로 바람이 불지 않는다고 짜증을 내기도 하였습니다. 그러나 막상 바람이 불어 닥치면 이를 피하거나 막아 내기에 분주했습니다. 그들은 시린 바람은 자기 쪽이 아니라 반대쪽으로 불어야 한다고 주장했습니다. 바람에 휩쓸린 사람들은 바람이 야속하게도 자기 쪽으로 불어왔다고 야속해 했습니다.

계유년에 불어온 바람은 대부분 나라 안에서 일어난 것이었습니다. 가장 오래 줄기차게 불어온 바람은 역시 개혁바람과 사정바람이었습니다. 어떤 사람들은 오염된 먼지를 날려 보내기 위해서는 바람이 더 강하게 불어야 한다고 주장하였고, 또 다른 사람들은 그러다간 남아나는 게 없을 거라고 걱정했습니다. 유감스럽게도 이들 두 가지 상반된 주장은 모두 옳았습니다. 그 정도의 바람으로는 우리 사회에 만연한 더러움을 씻어내기가 불가능했으니까요. 한여름의 폭풍조차도 더러워진 강토를 근본적으로 씻어내지 못하였습니다. 우리의 산하는 겉 표면만이 아니고 땅속 깊이까지 오염되어 있습니다. 큰 오물 덩어리는 땅속 깊이 묻혀 있는데 그것도 아주 두꺼운 콘크리트 벽으로 둘러쳐 있어 쉽사리 제거할 수 없도록 되어 있습니다. 그러니 어떤 사람들은 바람이 더 강하게 불어야 한다고 하고 다른 사람들은 그러다가 오물은 고사하고 보호해야 할 모든 것들까지 위험한 지경에 이를 것이라고 야단법석을 떨 수밖에요.

계유년 사람들에게 청량음료같이 시원함을 주리라던 사정 바람은 오히려 답답함과 슬픔만을 안겨주었습니다. 사람은 도둑을 잡으라는 임무를 맡은 사람들 중에 도둑들이 끼어 있다는 사실을 알게 되었습니다. 썩은 사회를 도려내고 바른 사회를 건설하겠다고 외치던 사람들 중에 스스로 썩은 냄새가 나는 사람들이 많다는 사실을 알게 되었습니다. 법은 민주사회의 규범이므로 민주사회를 지키고 공명정대한 사회를 이루기 위하여 누구든 법을 지켜야 한다고 훈도하던 사람들 중에도 도대체 법이 왜 존재하는지 모르는 것 같아 보이는 사람들이 많았습니다.

바람이 지나간 뒤에 계유년 사람들은 도대체 뭐가 뭔지 어안이 벙벙할 따름입니다. 이 세상에 믿고 의지할 사람을 그들은 찾지 못합니다. 자신이 존경하던 사회적 지도자들의 삶이 대부분 허구였다는 사실은 그들에게 실망스러움과 허전함만을 안겨 주었습니다. 양심을 지키고 조그만 것을 소중히 하며 살아온 자신이 자랑스럽기는커녕 왜소해 보이고 처량할 뿐이었습니다.

계유년 연말에 불어 닥친 메가톤급 바람은 우루과이에서 불기 시작한 외풍이었습니다. 바람의 강도가 워낙 심해서 계유년 사람들은 이를 막을 수도 피할 수도 없었습니다. 그들은 여름에 태풍이 불 때도 그 태풍이 중국 쪽으로나 일본 쪽으로 방향을 잡아 요행이 우리나라를 비켜 가거나 부득이할 경우에도 우리나라에 당도하기 전에 아주 약화되기만을 고대할 수밖에 없었습니다. 이번에도 별 대비 없이 있다가 거센 바람이 불어 닥치고서야 모두들 아우성을 쳤습니다.

시시각각 불어 닥치는 바람에 이 땅의 사람들이 안절부절못하는 사이 계유년도 어느덧 역사의 뒤안길로 사라지고 있습니다. 아직 바람이 가라앉은 것은 아니지만 이제 차분히 자세를 가다듬고 지난 한 해 동안 불어 닥쳤던 바람의 의미를 곱씹어보고 스스로에게 주는 교훈을 음미해야 될 것 같습니다. 그리하여 우리가 흔히 사용하는 한국, 경제, 질서, 교육, 도덕, 정치 같은 단어들에 '새로운'이라는 뜻을 가진 접두어를 더 이상 붙일 필요가 없는 세상을 만들어야 할 것입니다. 새 세상이 아닌 묵은 세상에 남아 있는 것이 더 좋을 것이란 생각이 들도록 우리 모두 새해를 앞두고 마음을 가다듬읍시다.

나눔의 해가
되도록 합시다

　해가 바뀌는 것과 관계없이 모든 삶은 연속되어 있고 어제와 오늘의 삶이 큰 차이가 있는 것은 아닌데도 우리는 새해엔 무언가 달라지기를 기대하곤 합니다. 그래서 새로운 설계를 하여보고 묵은해에 비해 새해가 더 나은 형편이 되기를 기대합니다. 그러니 우리 함께 희망찬 새해를 꿈꾸어 봅시다. 새해에 이루어지기를 원하는 것 중 가장 소중한 것은 무엇일까요? 입시를 앞두고 있는 수험생들은 입시에서의 성공을 바랄 것이고, 사업가는 사업이 성공하여 많은 돈을 벌었으면 할 것입니다. 또한 직장을 구하는 구직자는 안정적이고 대우가 좋은 직장을 구할 수 있기를 기대할 것이고, 학문을 하는 사람들은 괄목할 만한 학문의 성취를 달성할 수 있기를 바랄 것입니다. 각자 처한 상황과 종사하는 분야에 따라 다양한 소망을 가지고 있을 것입니다.

　누구나 공통적으로 소망하는 것들도 있습니다. 우선 건강일 테지요. 자신이나 가족이 신체적으로나 정신적으로 건강한 생활을 하기를 바라는 것은 물론이고 이웃에 살거나 지역 사회를 구성하는 분들 모두가 건강하게 살기를 바라지 않는 사람은 없으리라 생각합니다.

　많은 돈을 모으는 것도 우리 모두가 공통적으로 바라는 소망일 듯싶습니다. 우리는 돈이야말로 모든 일을 할 수 있게 하는 가장 소중한 것이라고 믿습니다. 좋은 음식을 먹고 좋은 옷을 입고 좋은 집에서 좋은 가구를 들여놓고 살기 위하여 돈은 필요합니다. 좋은 차를 타고 다니기 위해서도, 좋은 환경에서 질 좋은 교육을 받기 위해서도, 차원 높은 취미 생활을 즐기기 위해서나 타인으로부터 온갖 종류의 질 좋은 서비스를 받기 위해서도 돈은 필요합니다. 돈이 있으면 할 수 없는 일이 없고 해결되지 않는 일이 없으리라고 우리 대부분이 믿은 때도 있었습니다. 돈은 그만큼 매력적이기에 사람들은 수단 방법을 가리지 않고 돈을 많이 벌어들이기 위해 애쓰고 있습니다. 돈을 많이 버는 것은 확실히 좋은 일임에는 분명합니다.

　사람들은 또 무엇을 소망할까요? 사람들은 아마도 명예를 얻고 싶어 하겠지요? 나쁜 일만 아니라면 무엇이든지 특별히 잘할 수 있다면 명예스러울 것입니다. 운동을 잘하거나 글을 잘 쓰거나, 직장에서 보다 중요한 위치에서 일하거나, 좋은 대학에 입학하거나, 학문적으로 큰 업적을 쌓거나 정치적으로 보다 높은 지위에 오르거나, 큰 빌딩을 산다거나 하는 일 등은 자랑스러운 일들이며 명예를 얻는 데 도움을 주겠지요. 그러나 이러한 일들은 남에게 자랑스러운 일일지언정 이러한 성취가 곧 남으로부터 존경을 받게 하지는 않습니다. 사람들은 도리어 타인의 성취를 질시하는 경우도 많습니다. 사람들은 어떤 분야에서건 소위 성공한 사람들

에 대해 성공하였다는 그 사실 자체를 존경하는 것이 아닙니다. 자신의 성공이 오히려 시기와 질시의 대상이 된다면 조금도 자신을 명예롭게 하지 못할 것입니다.

성공한 사람들의 업적이 보다 가치 있고 명예로운 것이 되게 하려면 자기가 노력하여 쌓은 업적이 오직 자신만을 위한 것이 되지 않도록 노력하여야 합니다. 자신의 성취를 필요한 사람에게 나누어주지 않는다면 아무도 그를 우러러 보지 않을 것이며 그야말로 의미가 없는 성취가 될 것입니다. 의사가 돈이 없는 환자를 거들떠보지 않고, 변호사가 힘없고 가난한 사람 편에 서지 않으며, 공직자가 힘 있고 부유한 사람들을 먼저 생각하고, 교육자가 머리 좋고 환경 좋은 제자만을 여기며, 돈 많은 사업가가 수단 방법 가리지 않고 더 많은 재산의 축적에만 힘쓴다면 그러한 사회에서 누가 지위 높은 자를 존경하겠습니까? 더불어 그들이 가지고 있는 재력, 권력, 지식이 무슨 의미와 가치가 있겠습니까?

재력가가 돈을 가난한 사람들을 위하여 쓸 때 사람들은 그를 존경할 것입니다. 변호사가 가난하고 힘없고 억울한 사람들의 편에 설 때 그가 가지고 있는 법 지식이 가치를 발휘할 것입니다. 우둔한 제자를 더 불쌍히 여기고 그를 더 세심하게 배려하는 선생님을 아이들은 더 존경할 것입니다. 무엇이든지 자기보다 더 어려운 처지에 있는 사람에게 자신이 가지고 있는 것을 나누어주며 살 때 당신은 비로소 삶의 진정한 의미를 깨닫게 될 것이고 주변 사람들로부터 박수를 받고 환호를 받게 될 것입니다.

새해를 맞이하여 우리 모두 신년의 소망이 이루어지도록 노력합시다. 모두가 건강하고 많은 재복을 누리고 자신의 성취를 어려운 자, 약한 자에게 나누어줌으로써 명예를 얻는 한 해가 되도록 합시다. 자신과 이 땅에 사는 모두에게 행복한 기운이 가득하도록······.

개방 유감

우루과이 라운드가 타결되자, 우리 사회에서 갑자기 많이 쓰인 말은 개방과 관련된 말일 것입니다. 우루과이 라운드 협상 당시만 하여도 어떤 분야에 관련해서건 개방하는 것은 나라를 어렵게 하는 일이고 그래서 될 수 있으면 개방을 안 하든지, 아니면 될 수 있는 한 천천히 하여야 한다고 주장하는 사람들이 많았습니다. 협상했던 당국자들은 나라를 위하여 최선을 다해 노력하였음에도 불구하고 마치 국가나 민족 앞에 큰 죄를 지은 것처럼 돌아와야 했습니다.

개방이 불가피한 시대적 흐름이라는 것을 모를 리 없는 사람들도 개방을 해서 타격을 입을 분야에 관해서는 절대로 개방을 해서는 안 된다고 주장했습니다. 물론 우리에게 이로운 분야는 개방하고 우리에게 손해를 끼칠 분야는 개방하지 않을 수 있다면 좋지요. 모든 문을 닫아 놓고 우리 힘만으로 자급자족하며 살 수 있다면. 그렇게 함으로써 더 안락하고 더 바람직한 사회를 건설할 수 있다면 굳이 개방할 필요가 없겠지요.

그러나 오늘날 우리가 사는 세상은 어느 한 개인이 남과 교류하지 않고 살아갈 수 없듯이 국가 간에도 서로 문을 닫아 놓고 사는 것은 가능한 일이 아닙니다. 우리는 문을 닫고 살았던 시대에 우리 조상들의 생활이 어떠했고 그 결과 우리 민족이 얼마나 어려운 시련과 고통을 겪었는지 역사를 통해서 충분히 배웠습니다. 오늘날에도 외부세계와 단절하고 지냈던 개방 이전의 중국이나 아직도 문을 걸어 잠그고 있는 북한의 경우에서 우리가 외부 세계와 단절하고 살아서는 안 된다는 것을 확신할 수 있습니다. 사실 오늘날 잘살고 있는 대부분의 선진국들은 남보다 먼저 그들의 문을 열고 밖으로 나갔기 때문입니다.

우리가 굳이 개방하지 않으려 했던 분야까지 개방 압력을 넣는 소위 강대국들에 대해 참으로 원망스럽기는 하지만 그들의 압력을 받을 정도로 우리도 그들에게 무엇인가 내세울 게 있다는 데 대하여 나는 한편 마음이 흡족하기도 하였습니다. 우리가 아직 아무도 거들떠보지 않는 후진국이라면 강대국들의 물건이 아무리 좋고 싸다 할지라도 살 능력이 없는 경우, 그들이 굳이 우리의 개방을 그토록 집요하게 고집하지는 않을 것입니다. 어쨌든 우리는 개방 협상에서 우리의 입장을 만족스럽게 관철시키지는 못하였으나 시대적 조류인 개방의 물결을 거스를 수는 없었습니다.

그러나 개방의 당위성은 받아들이면서도 마음 한구석이 개운하지 못하고 공허한 것은 왜일까요? 개방된 세상에서 우리가 어떻게 살아남을지 아직 그 해답을 구하지 못했기 때문입니다.

우루과이 라운드 타결 당시만 하더라도 당국자와 많은 전문가들은 부분적으로는 우리가 손해겠지만 전체적으로는 이득이라고 주장했습니다. 그게 사실이라면 당국에서는 우루과이 라운드 타결로 이득을 보는 분야와 타격을 입는 분야를 명확히 하고 타격이 예상되는 분야를 어떻게 해야 할 것인가에 확실한 대책을 세워야 할 것입니다.

그러나 유감스럽게도 우리에게는 어려움이 예상되는 분야에 대해서만 전해졌습니다. 쌀을 비롯한 농산물, 소고기를 비롯한 축산물 등은 물론이고 금융이나 유통, 지적 재산권, 영화 심지어 교육 분야까지 큰일 났다고 아우성들입니다. 이와 반대로 우리에게 이득을 가져다주는 분야는 무엇이고, 이득은 과연 피해를 보는 분야의 모든 손해를 상쇄하고도 남는지 아무도 말하지 않았습니다.

지난 연말 나는 쌀시장 개방에 대하여 농촌에 남아있는 친구들과 이야기를 나누게 되었습니다. 나는 그들이 아직 농촌을 떠나지 못한 자신들의 처지에 대하여 낙담하고만 있으리라고 생각하고 그들을 어떻게 위로하여야 할까를 궁리하고 있었는데 나의 그런 생각은 기우였습니다. 그들은 오히려 개방의 불가피성을 잘 이해하고 있었으며 불안해하면서도 농촌과 자신들의 장래에 대하여 새로운 준비를 하고 있었습니다. 우리네 농산물을 먹어야 한다고 입으로는 떠들면서도 실제로는 값이 싼 중국 농산물들이 얼마나 많이 시장에 범람하고 있는지 아는 나로서는 그들을 위로해보겠다는 생각을 한 것 자체가 부끄럽기만 하였습니다. 더구나 교육 분야에 종사하고 있는 나로서는 교육 분야가 농업분야보다 선진국에 비해 더 낙후되어 있어서 개방의 충격을 어떻게 극복해야 할지 고민만 했습니다. 그런 터라 무언가 준비하고 있는 농촌의 친구들을 동정하려했던 내 자신이 민망했습니다.

우리는 어차피 개방시대를 살아야 합니다. 개방시대에는 세계 최고의 상품과 문화만 살아남게 되어 있습니다. 우리 모두 자신의 분야에서 개방의 파고를 넘을 수 있도록 노력합시다.

그러기 위하여 우리는 지난 삼십 년 동안의 개발 시대에 흘렸던 땀보다 더 많은 땀을 흘려야 할 것입니다. 어떤 어려움이 닥쳐와도 우리 민족은 변화에 적응하고 남보다 한 발 더 앞으로 갈 수 있고 그렇게 되리라고 나는 확신합니다.

물 파동을
보면서

지난해 우리 대학에 교환교수로 와 있던 바바라 다즈릴 여사는 슈퍼에서 생수인 줄 알고 소주를 샀다고 말했다. 나는 그분께 우리나라 수돗물은 마음 놓고 마실 수 있으며 그가 묵고 있는 여관에서 제공하는 물도 품질이 좋으니 아무 걱정 말고 즐겨 마시라고 권하였다. 물에 관한 한 우리나라가 세계 어느 나라보다도 축복받은 나라임을 나는 바바라 다즈릴 여사께 자랑하곤 했는데 요즈음 나라를 떠들썩하게 하는 수돗물 파동을 보면서 바바라 다즈릴 여사가 임무를 마치고 이미 귀국해 버린 것이 천만다행이라는 생각이 들었다.

우리는 좁은 국토에 자원도 없다고 원망하곤 한다. 국토의 대부분이 산악인데도 이렇다 할 광물이나 에너지 자원이 없으니 원망함이 당연하다. 그러나 다른 여러 나라를 여행해 본 나로서는 우리나라야말로 다른 나라가 갖지 못한 소중하면서도 고귀한 자원을 갖고 있다고 자신 있게 말하게 되었다. 사시사철 철따라 변하는 우리가 살기에 적합한 기후와 특별한 가공과정이 없이도 마실 수 있는 물이 우리가 가진 최고의 보물이자 자원이다.

사실 우리나라처럼 자연수를 정제하지 않고 그냥 마셔도 되는 나라는 드물다. 정제를 하고 가공을 한 수돗물은 말할 필요가 없고 산골짜기에 흐르는 옹달샘물이나 집집마다 파 놓은 우물물, 동네 한가운데 있었던 대동 샘물까지도 우리는 여과 없이 마실 수 있다. 지구상에는 물 한 방울 구할 수 없는 사막지대도 많으며, 가공하지 않고 마실 수 있는 지하수를 가진 나라도 드물다. 심지어 기름보다 물이 더 비싼 나라들도 있다.

우리의 물은 가공하지 않고 그대로 마실 수 있게 맑고 깨끗했다. 우리의 물에는 맛이 들어 있었다. 사람들은 물을 한 모금 들이켜고 "물맛 참 좋다."라고 말하곤 했다. 깊은 산 속에는 누가 파 놓았는지 모를 옹달샘 물이 있어 산행을 하는 나그네와 온갖 산짐승들이 같이 마셨다. 어느 집이고 울안에 우물을 파면 그리 깊지 않은 곳에서 물이 솟구쳐 올라왔다. 큰 물줄기를 찾아 파 놓은 동네 대동샘은 오래 지속된 가뭄에도 마르지 않고 동네 사람들의 생명을 지켜주었다. 개울물이나 시냇물조차도 갈증이 나는 사람들은 마셔도 괜찮을 만큼 맑고 깨끗하였다. 내가 어릴 때는 빗물을 받아서 먹는다 해도 탈 날 일이 없었으며 겨울에 내린 눈은 어찌나 희고 깨끗하던지. 눈을 뭉쳐서 먹는 아이들도 있었고 어떤 아이는 초가지붕 처마 끝에 매달린 고드름을 따서 빨아 먹으며 놀기도 하였다.

물은 우리에게 이처럼 흔하고 하찮은 것이었다. 물맛이 좋다 나쁘다 구분은 하였지만 물이 더럽다느니 오염됐다느니 하고 말할 필요는 없었다. 오늘날처럼 먹을 물이 부족하다고 떠드는 날이 올 줄은 꿈에도 몰랐다.

지난 수십 년 동안 우리는 보다 나은 세상에서 잘 살아보겠다는 일념으로 국토의 여기저기를 땀 흘려 개발하였다. 좋은 물건을 더 많이 만드는 것이 우리 모두의 꿈이었고 그 결과 세계에서 유례없는 속도로 발전하였다. 우리는 참으로 잘살게 되었다고 믿게 되었다. 우리는 스스로 세계 어느 민족보다도 위대하다고 생각했다. 우리는 성공한 것이다.

그런데 이제 와서 보니 주위에 마실 물이 없단다. 졸졸 맑은 물이 흐르던 도랑은 아예 찾을 길이 없고 무더운 여름에 동네 개구쟁이들의 수영장이었고 송사리나 붕어 등 잔물고기를 잡아 철엽을 해먹던 시냇물은 생활하수나 축산 폐수가 흐르는 하수로가 된 지 오래다. 큰 강물조차도 온갖 오수와 폐수가 흘러들어 썩어가고 있다. 깊은 산 속 골짜기에 흐르는 물도 산속 바위틈에서 새어나오는 약수터의 물도 이제는 마음 놓고 마실 수 없다. 농촌의 가호호에 있던 우물물도 여기저기 버려져 스며든 축산폐수로 먹기 어려운 물로 변하고 있다.

참으로 한심한 지경이다. 그러나 이제 와서 누가 누구를 원망한단 말인가? 강과 산을 더럽히지 않은 자가 누구인가? 우리 모두는 자신도 모르게 우리 산천을 조금씩 더럽혀왔다. 우리는 우리의 자연이 얼마나 값지고 귀한 것인지 알지 못하고 오로지 산업생산만이 우리가 살 길 인양 믿고 산하를 돌보는 데 관심을 두지 않았다. 우리는 흔한 게 물이라고 생각했다. 샘물이나 강물은 늘 깨끗한 채로 있을 줄 알았다. 그런데 우리가 모르는 사이 마실 물이 없어졌다. 좀 더 솔직히 말하면, 알면서도 외면하고 지내는 사이 우리의 물은 순식간에 죽어 버린 것이다.

우리는 선대로부터 깨끗한 물을 비롯하여 때 묻지 않은 산천을 물려받았다. 오늘날 우리가 땀 흘려 이룩한 산업의 혜택이 아무리 크다 할지라도 마실 수 있는 물과 공기를 후손들에게 물려주지 못한다면 그 밖의 모든 것이 무슨 소용이겠는가? 첨단 산업 사회가 아니라도 좋으니 그들 누구도 생수를 사 먹지 않아도 되도록 깨끗한 물만이라도 물려주자.

제한속도

    미국 서부 해안 가까이에서 남쪽에서 북쪽으로 연결되어 있는 I-5 고속도로는 시원스럽게 뻗어 있었다. 이른 아침이어서인지 통행하는 차량은 그리 많지 않았다. 나는 비록 이국땅에서의 초행길이었지만 엑셀레이더를 힘 있게 밟고 계속하여 추월 차선을 타고 갔다. 지명을 알리는 표지판과 함께 속도제한을 알리는 표지판이 계속하여 시야에 들어왔다. 65마일, 55마일……. 나는 제한속도를 거의 유념하지 않고 달렸다. 이처럼 좋은 도로에서 제한속도에 얽매인다는 것이 어리석어 보였다. 국내에서 운전할 때는 곡선 도로가 많아 그리 멀지 않은 곳도 잘 안 보이는데도 어느 정도의 속도는 늘 유지하던 내가 아닌가?

    세 시간 반 만에 나는 포틀랜드 공항에 도착하였다. 미국인 친구들은 내가 포틀랜드 공항에 도착하는 데 5시간 반이나 6시간 정도 걸릴 것이라 하였는데 예정시간보다 두 시간이나 일찍 도착한 것이다. 후일 내가 이 사실을 미국인 친구에게 이야기했을 때 그는 깜짝 놀라는 표정으로 나에게 앞으로는 제한속도를 지키라고 점잖게 충고해 주었다. 나는 미국인도 보통 대여섯 시간이나

                     안내의 어려움

걸리는 거리를 세 시간 반 만에 주파했다는 사실이 대견스러워 마치 전투에 나가 큰 승리를 하고 돌아온 전사인양 의기양양하게 이야기했는데 결국은 가장 기본적이고도 초보적인 사회의 규율을 어긴 무법자임을 스스로 자백한 꼴이 되어 버렸다. 그는 겉으로는 점잖게 나에게 충고하였지만 속으로는 나를 경멸하였을지도 모른다.

내가 미국의 도로에서 처음 운전하게 되었을 때 그들의 넓고 곧은 도로들과 사방으로 잘 뚫린 도로망, 각종 도로 안전시설들과 잘 정비된 각종 도로 표시판 등이 무척 부러웠다. 이러한 것들이 너무나 완벽하여 나처럼 외국에서 와서 미국 지리에 익숙하지 못한 초행자라 할지라도 도로 지도와 도로 표지판만 볼 줄 알면 안내자 없이도 원하는 어디든 갈 수 있도록 그들의 도로는 잘 정비되어 있었다. 도로변에 눈에 잘 뜨이도록 설치된 속도제한 표지판은 내가 지금 얼마의 속도로 달릴 수 있는지를 알 수 있게 하였다.

나는 미국과 같이 자동차가 많은 나라에서 우리보다 교통사고가 적은 것은 그들이 이처럼 훌륭한 도로를 가졌기 때문이라고 생

1. 더불어

각했다. 그러나 우리보다 교통사고율이 적은 이유는 그들의 좋은 교통 여건보다도 교통법규를 위반하지 않는 운전습관 때문이라는 것을 알게 되었다.

나는 미국인 친구를 태우고 한적한 시골길을 간 적이 있다. 교차로가 나왔는데 어느 방향에서도 교차로에 다가오는 차는 보이지 않았다. 나는 '우선멈춤'이라는 표지판을 보기는 하였지만 멈추지 않고 교차로를 지나쳐버렸다. 그는 바로 '우선멈춤' 표지판을 보지 못했느냐고 물었다. 나는 보았지만 어느 방향에서도 달려드는 차가 없어서 그냥 지나쳤노라고 대답했다. 그는 앞으로는 교통 표시판의 지시대로 '우선멈춤'에서는 반드시 멈추고, 건너도 안전하다는 것을 확인한 후 출발하라고 일러 주었다. 그는 그가 나를 얼마나 무모하고 어리석은 사람으로 여길까 생각했다.

나는 짧은 미국 생활 동안 어떤 태도로 운전해야 하는가를 깨닫고 돌아왔다. 미국에까지 가서야 나의 잘못된 운전습관을 깨닫게 된 것이다. 차선 지키기, 제한속도 지키기, 교통 신호 지키기, 교통 표지판 지시 따르기, 추월 금지 구역에서 추월 안하기, 주차 금지 구역에 주차 안 하기 등의 운전규칙은 누구나 배우는 것이고 실천하기 어려운 것도 아니다. 오히려 이런 규칙들을 지키는 것은 위반하기보다 더 쉽다. 그런데도 나는 이제까지 속도제한 하나 제대로 지켜오지 못해온 사람이다. 오히려 제한속도 이상으로 달려야만 능숙한 운전자라고 잘못 생각했다.

귀국을 한 후 나는 어느 미국인 친구를 태우고 여행을 하게 되었다. 그는 한국인 운전자에 대해 자기가 들은 바를 내게 이야기

했다. 신호위반, 속도위반, 차선위반, 불법추월 등 그는 이미 한
국인 운전자들의 운전습관에 대하여 한국에 오기 전에 이미 듣고
왔다고 하였다. 오죽하면 우리의 잘못된 운전습관이 외국에까지
소문나 버렸는지 한심했다. 내가 그와 우리의 열악한 도로 여건
과 잘못된 운전 관행에 대하여 이야기를 나누며 굽고 좁은 2차선
도로를 달리고 있는 동안에도 수많은 차들이 내 뒤에 나타났다가
아무 곳에서나 내 차를 추월하여 무엇에 쫓기기라도 하듯 시야 밖
으로 사라지곤 하였다. 그가 우리들의 운전습관을 흉볼까 걱정되
었다. 우리 함께 운전규칙을 잘 지키는 이웃이 되기를 고대한다.

국제화의 길

　개방시대를 맞이하면서 사람들은 우리가 살아남으려면 국제화 되어야 한다고 생각합니다. 그들은 어떻게 하는 것이 국제화인지에 대해서도 많은 이야기를 합니다. 어떤 사람들은 무엇보다도 먼저 외국어를 습득해야 한다고 주장합니다. 영어는 필수이고 그밖의 다른 외국어도 할 줄 알아야 한다고 말합니다. 그러기 위하여 영어교육은 늦어도 초등학교부터 실시해야 하고, 가능하면 더 어린 나이에 시작하는 것이 좋다고들 합니다.

　사람들은 영어교육에 열정을 보였습니다. 어린이 영어교육 프로그램이 만들어지고, 영어학습지를 시작했으며, 영어학원에 가고 영어 과외지도를 받는 아이들이 급격히 늘어납니다. 이처럼 아이들이 특별히 잘해야 할 과목으로 영어는 확실히 우뚝 섰습니다.

　외국어, 특히 영어를 잘할 수 있으면 모든 게 잘 되리라 믿는 사람이 많습니다. 영어를 잘해야 교양인이고 국제인이 될 수 있으리라 믿습니다. 영어를 모르는 것은 국제화 시대에 수치스러운 일이라 생각합니다. 그래서 온 나라에 영어교육 열풍이 불었습니다. 이렇게 되다가는 머지않아 우리가 영어 사용 국가가 되겠다

안내의 어려움

는 착각을 하게 됩니다. 외국어교육이 국어교육보다 강조되고 외국어가 국어보다 더 중요한 것처럼 사람들은 착각에 빠지게 되었습니다.

그러나 이처럼 광적인 영어 열풍은 단지 우리를 어렵고 혼란스럽게 만들 뿐입니다. 세계적으로도 단지 외국어를 잘해서 일등국가나 일등국민이 되었다는 증거는 없습니다. 오늘날 일본은 세계적으로 인정받는 선진국이고 일본국민은 선진국민입니다. 국민총생산이나 일 인당 국민소득이나 무역규모나 모든 면을 종합적으로 평가해 볼 때 그들이 선진국의 대열에 있음은 확실합니다. 그렇다고 일본인들이 우리와 비교하여 외국어를 잘하지는 않습니다. 반면에 필리핀 사람들은 영어를 공용어로 쓰고 있음에도 불구하고 그들의 경제 수준이나 문화수준 등은 높지 않습니다.

몇 해 전 나는 싱가포르를 방문한 적이 있습니다. 싱가포르는 인구 250만 정도 되는 조그만 도시국가로 주로 중계무역을 통해 크게 발전한 나라입니다. 싱가포르는 우리보다 1인당 국민소득이 훨씬 높고 국민의 경제생활수준이 크게 향상된 데 비하여 인력이 많이 부족합니다. 그래서 쓰레기를 치운다든지 잔디를 깎는다든지 가사 일을 한다든지 하는 일 등은 외국인 근로자에게 많이 의존하고 있습니다.

싱가포르는 말레이시아와 육로로 연결되어 있고 인도네시아의 바탕 섬 등은 바다로 인접해 있어 선편을 이용하여 쉽게 접근할 수 있습니다. 그래서 인도네시아나 말레이시아 출신 외국인 근로자가 싱가포르에는 많습니다. 특히 말레이시아 사람들은 자전거나 오토바이를 타고 매일 국경을 넘나들며 싱가포르로 출퇴근합니다. 인도네시아 사람들은 말레이시아 사람들보다 인건비가 더 쌉니다. 그러나 싱가포르 사람들은 인도네시아 사람들보다 말레이시아 사람들을 더 선호합니다. 그 이유는 싱가포르 사람들과 그들이 영어로 의사소통할 수 있기 때문입니다. 싱가포르에는 필리핀 출신 근로자가 많은데 영어로 의사소통이 가능하기 때문입니다.

필리핀 사람들이나 말레이시아 사람들이 이같이 영어능력 때문에 외국에 나가서 돈벌이를 하는 데 도움을 받는 것은 사실이지만 그들의 영어 사용 능력이 그들의 국제화의 수준을 말하는 것은 아닙니다. 오늘날 누구도 말레이시아 사람들이나 필리핀 사람들이 우리보다 더 국제화되었다고 말할 수는 없습니다.

미국에 체류하고 있을 때 나는 어느 미국인과 대화를 한 적이 있습니다. 나는 그에게 당신 이웃에 어느 민족이 와서 살았으면 좋겠는가 하고 물었습니다. 미국은 다민족 사회이고 얼핏 보면 모든 인간이 평등하게 살아가는 사회처럼 보입니다. 그러나 그들의 내면을 들여다보면 그들 역시 민족적 갈등이 있고 서로 다른 문화와 관습의 차이를 극복하지 못하는 경우가 흔히 있습니다. 그렇기 때문에 그들이 이웃에서 함께 살기를 바라는 이웃을 알아낸다는 것은 흥미로운 일이었습니다. 그는 주저 없이 일본인이라고 하였습니다. 그는 그 이유를 묻기도 전에 장황하게 설명해 주었습니다. 그가 일본에 방문했을 때 그들이 얼마나 친절했는지, 일본인 가게에서도 얼마나 성실하고 진지하게 대해 주었는지, 그들이 얼마나 질서를 잘 지키고 거리는 얼마나 깨끗한지 등이었습니다. 일본인이 이웃에 이사 오면 자기 집값이 올라갈 것이라고 농담도 하였습니다.

우리 교포가 영어를 잘한다고 이들이 모두 국제화된 것은 아니듯이 외국어를 잘하면 국제인이 되는 데 도움은 되겠지만 그 자체가 국제화의 전부는 아닐 것입니다. 그보다 앞서 우리는 국제사회에 걸맞은 인간이 되어야 합니다. 질서를 지키고 거리를 깨끗이 유지하고 남에게 친절하게 살며 환영받을 수 있는 사람이 되어야 할 것입니다. 그것이 국제화의 첫걸음이겠지요.

할아버지
만세!

나는 위엄 있으셨던 할아버지를 기억합니다. 가정에서나 마을에서나 할아버지께서는 늘 어른이셨습니다. 수염을 길게 기르시고 한복을 정결하게 차려입으신 할아버지의 모습은 어린 내가 보기엔 나라의 임금님 같았습니다. 어쩌다 이웃 마을에 사시는 할아버지께서 와 계시기라도 하면 두 분이 마주 앉아 말씀을 나누시던 모습은 마치 신선이 내려와 계신 듯 엄숙하고 고고해 보였습니다.

할아버지께서는 늘 준엄하셨습니다. 그 누구도 할아버지의 뜻을 거역하지 못하였습니다. 할아버지께서는 누구에게도 화를 내지 않으셨고 큰소리로 말씀하지 않으셨지만 할아버지의 말씀에는 언제나 무게와 힘이 있으셨고 뼈 있는 교훈이 있었습니다.

할아버지께서는 늘 가족의 중심이셨습니다. 가족 모두는 늘 할아버지를 먼저 배려하였습니다. 따뜻한 아랫목은 언제나 할아버지께서 차지하셨고 가족들이 모일 때는 늘 할아버지께서 자리의 중심에 앉으셨습니다. 좋은 음식은 할아버지 먼저 드시도록 하였습니다. 가족 간에 의견이 분분할 땐 늘 할아버지께서 결정권을

행사하셨습니다.

할아버지께서는 늘 인자하셨습니다. 속상하고 화가 날 때도 할아버지께서는 이를 겉으로 드러내지 않으셨습니다. 집안에 슬픈 일이 있을 때도 할아버지께서 우시는 모습을 본 일이 없습니다. 손주들이 말썽을 부려도 미소로 달래시곤 하셨습니다.

어느 사이엔가 세상사는 방법이 달라지고 할아버지의 모습도 달라졌습니다. 갓을 쓰고 흰 명주 두루마기를 입으신 우리 할아버지는 이제 안 계십니다. 수염을 길게 기르시고 사랑방 아랫목에서 긴 담뱃대를 물고 세상을 경영하시던 할아버지의 모습을 볼 수 없습니다. 누구에게나 그처럼 당당하시던 할아버지의 모습이 그립습니다.

모두가 다 살기 좋은 세상이 왔다고 야단들인데 그 당당하시던 위풍은 어디가고 방 한쪽 구석에 웅크리고 앉아 슬픈 얼굴을 하시고 계시는 요즘 할아버지 모습은 초라하다 못해 애처롭기만 합니다. 어린이 놀이터 한쪽 편에 있는 벤치에 무심히 앉아 계시는 할아버지의 수심이 가득한 얼굴은 세월의 무상하고 덧없음을 말해 줍니다.

요즈음 사람들은 말합니다. 세상은 변했다고. 나날이 새로운 문물이 쏟아져 들어오고 세상에 나가서 많은 것들을 보고 배워온 많은 지식인들이 할아버지께서 남겨준 고고한 가치와 유산을 헌신짝처럼 버리면서 할아버지께서는 세상의 뒷자리로 물러날 수밖에 없었습니다.

나날이 새로워지는 문화는 할아버지를 바보로 만들고 말았습니다. 할아버지의 가르침에 주의를 기울이는 젊은 사람들은 찾아보기 힘듭니다. 할아버지께서는 힘을 잃고 젊은 사람들의 뒤에서 변해가는 세상을 걱정스런 모습으로 바라볼 뿐입니다. 요즘 젊은 사람들이 버릇없고 무례하며 어른 알아볼 줄 모른다고 생각하면서도 누구한테도 화를 내거나 나무라지 못하십니다.

할아버지!

난 왜소해지신 할아버지가 싫습니다. 할아버지께서는 패배자가 아닙니다. 할아버지께서는 젊은 사람들 앞에 당당하게 서 계실 자격이 있으십니다. 오늘의 우리가 있는 것이나 오늘의 문화가 가능한 것은 다름 아닌 할아버지의 공입니다. 할아버지께서 평생에 걸쳐 수행하신 노고만으로도 존경받고 대우를 받아 마땅하십니다. 할아버지께서는 아랫목에서 편안하고 안락하게 지내시도록 배려 받아 마땅하십니다.

이제 힘을 내십시오. 할아버지께서는 아직 할 일이 많이 남아 있으십니다. 할아버지께서 평생 쌓아 올린 경륜은 세상이 아무리 변해도 버릴 수 없는 고귀한 가치를 지닌 것입니다. 이를 세상에 내보이지 못하고 사장시킨다면 이보다 아까운 손실은 없습니다.

할아버지께서는 중심을 지키셔야 합니다. 할아버지께서 중심에 계시지 못하시면 가정도 사회도 바로 세울 수 없습니다. 가정에서 할아버지가 버림을 받을 때 그 가정의 후세들이 올바로 자라리라고 기대할 수는 없습니다. 노인을 버린 사회가 올바른 가치관을 지닌 사회가 아니라는 것을 누구나 아는 일입니다.

뒤에 물러서서 세상을 덧없어하며 무기력하게 세월을 보내시기만 하면 젊은이 누구도 할아버지를 따르거나 대접하지 않을 것입니다. 할아버지 스스로 할아버지의 몫을 찾고 일을 찾으셔야 합니다. 할아버지가 아직 힘을 가지고 계신 동안 할아버지께서는 어지러운 세상의 중심에 서서 아직 남아있는 여력을 후세를 위해 베푸셔야 합니다. 할아버지의 적극적이고 왕성한 활력은 젊은이들을 끌어들여 모두 할아버지의 품으로 돌아오게 할 것입니다. 그래서 모두가 할아버지를 존경하고 따르는 사회가 될 것입니다.

  할아버지 만세!

위대한
지도자

　며칠 전 텔레비전에서는 북한 동포들이 죽음을 무릅쓰고 압록강과 두만강을 건너 북한을 탈출한다는 소식을 보도하였다. 그들의 탈출은 성공하기 아주 힘든 데다가 당국에 들키기라도 하면 극형을 면할 수 없는 목숨을 건 탈출이다. 요행히 중국으로 잠입해 들어간다고 하더라도 누구 하나 반겨줄 사람이 없고 드러내놓고 지낼 수도 없는 참담한 지경에 빠진다.

　이러한 악조건에도 불구하고 그들은 목숨을 건 탈출을 계속 시도하고 있다. 그들의 탈출 이유는 사상이나 정치적 문제라기보다는 놀랍게도 기본적 인간의 욕구인 굶주림으로부터 벗어나고 싶어서였다. 그들의 설명에 따르면 북한 동포들의 굶주림은 가히 상상을 초월한다. 먹고 사는 문제를 해결하지 못했다면 다른 것은 생각할 여유가 없었으리라는 것은 명백하다.

　사정이 이러함에도 북한으로부터 입수된 영상을 보면 여전히 위대한 수령 김일성 동지나 위대한 지도자 김정일, 김정은 동지의 지도와 은덕으로 북한 동포 모두가 배불리 먹고 행복하게 잘살고 있다고 매일같이 감사하고 찬양하는 보도 일색이다. 70년도 넘

안내의 어려움

는 오랜 세월 동안 1인 장기 독재체제를 유지하면서 김일성과 그의 자손들은 북한 민중이 자신들의 실정으로 인해 열악한 생활에서 굶주리며 허덕이는데도 진실로 자기들이 민족의 태양이며 위대한 지도자라고 아는지 궁금하다.

김일성이 자신의 권력을 교묘히 확립하고 유지하여 평생 권좌를 지켜서 자기 아들에게 권력을 승계하였고 또 손자까지 권력을 승계받았다. 그러니 그 가문은 권력 유지의 귀재들이라 할 수는 있겠다. 그러나 오늘날 북한은 가장 혹독한 인권탄압 국가이고 가장 폐쇄된 국가이며 백성이 도탄에 빠진 나라이다. 또한 민족적으로는 동란을 일으켜 우리 민족이 분단되어 살 수밖에 없도록 한 한쪽 당사자이다. 그러므로 우리로서는 김일성과 그 후계자들을 위대한 지도자라 여길 수 없다. 그런데도 김일성과 김정일, 김정은 스스로가 위대한 지도자라 생각한다면 그들은 참으로 어리석은 사람이요 이런 줄 알면서도 자신들이 지도자인 양 행세하고 있다면 그야말로 가장 파렴치한 인간이 아니겠는가?

국가나 민족이 위대한 지도자를 만나는 것처럼 다행스러운 일은 없을 것이다. 우리가 근세에 민족적 수난을 많이 당한 이유는 어려운 시대적 상황을 극복할 수 있도록 민족을 힘을 한데 모아 앞장서 끌고 나갈 위대한 지도자를 만나지 못했기 때문일 수도 있다. 비록 역사적 고난을 많이 겪고 민족이 분단된 채로 오늘에 이르고 있으나 우리가 오늘날 이만큼이라도 경제적 여유를 누리며 지내는 이유 중의 하나는 우리가 김일성과 같은 문제의 지도자를 만나지 않았기 때문이기도 하다.

요즈음 우리는 우리 주위에서 일하는 외국인 근로자들을 흔히 볼 수 있다. 그들은 소위 어렵고 힘들고 위험하다 하여 우리가 기피하는 산업현장에서 일하는 경우가 많다. 그야말로 타국에서 어려운 여건에서 일하는 사람들이다. 그들 역시 지도자를 잘못 만나 고생하는구나 하는 느낌을 갖지 않을 수 없다.

　나는 몇 해 전 동남아 몇 나라를 방문한 일이 있다. 여기서 홍콩과 싱가포르 등지의 유흥 음식점에서 만나는 종사원들 중에 필리핀인들을 많이 만났다. 그곳에서 파출부로 일하는 여성 또한 필리핀인이 많았다. 불과 50년 전만 해도 필리핀인들의 정치적 경제적 수준은 우리를 훨씬 앞서 그들이 우리를 동정하였었다. 그들이 오늘날 경제적 어려움에 빠져 많은 국민이 외국에 나가 일자리를 얻지 않으면 안 되는 지경에 처한 가장 큰 이유는 그들이 잘못된 지도자로부터 너무나 오랫동안 통치를 받아왔기 때문이다.

　우리나라에 바야흐로 지방자치의 시대가 왔다. 많은 사람들이 자기 자신이야말로 위대한 지도자라고 스스로 주장할 것이다. 자신만이 남이 할 수 없는 일들을 할 수 있다고 말할 것이다. 그의 추종자들은 그분이야말로 위대한 지도자로서 지도자로 선택해야 한다고 주장할 것이다. 그는 스스로 봉사심이 강하고 추진력이 왕성하며, 통찰력이 있고 불쌍하고 약한 사람을 도울 것이며, 어려운 일을 피하지 않고 앞장서 극복해 갈 것이며, 주민과 함께 슬픔과 괴로움을 나눌 것이라고 선전할 것이다. 부정과 비리는 그 뜻이 무엇인지도 모르는 청렴결백한 사람이며 도덕적으로 깨끗하여 우리 모두가 그가 우리의 지도자라는 것을 자랑스럽게 여길 수

게 한국과 미국의 다른 점이 무엇인지를 조사해 본 적이 있다. 학생 개개인에 따라 조금씩 다른 각도에서 문화의 차이점을 지적하였다. 한 학생은 우리나라에서는 부모와 자식 사이의 의사소통이 보통 일방통행 방식인 데 비해 그들은 쌍방통행이라고 느꼈다고 했다. 부모 앞에서 자신의 생각이나 의사를 분명하게 이야기하는 그들이 부러웠고, 자식들의 주장을 끝까지 경청해 주는 그들 부모들의 태도가 존경스러웠다고 말했다.

　미국에서 오랫동안 거주해 온 한 교포로부터 미국가정에서의 자녀 교육방법에 대하여 들은 적이 있다. 그는 한국에서는 자녀를 나무랄 때 일방적으로 혼내고 심하면 체벌을 가하는 데 비해 미국에서는 보통 반성문을 쓰게 한다고 하였다. 반성문의 양은 보통 잘못의 정도에 따라 결정되는데, 부모는 자녀의 반성문을 통하여 그가 잘못을 잘 뉘우치고 있는지, 시정할 의지는 있는지를 알 수 있다고 했다. 자녀가 부모의 잘못된 판단이나 오해를 받아 반성문을 쓰게 된 경우, 반성문을 통하여 논리적으로 이의를 제기하기 때문에 스스로 자신의 잘못을 깨닫고 시정하거나 때로는 본인의 억울한 사정을 반성문을 통하여 부모를 설득할 수 있다고 하였다. 이 방법이야말로 자녀의 잘못된 행동을 직접적으로

교정하게 하는 좋은 방법일 뿐만 아니라 발표력과 논리적 사고의 형성, 비판 능력 배양 등 종합적인 사고능력을 기르는 데 도움이 될 것 같았다. 또한 후일 같은 잘못을 되풀이했을 때 효과적인 지도가 가능하다는 점에서 더없이 좋은 방법이었다. 부모로서는 이 훈육 법을 통하여 자녀의 처지나 생각을 파악할 수 있어서 자녀를 보다 더 잘 파악하거나 이해할 수 있고, 자신이 혹 잘못된 판단을 하였다면 바로잡을 수 있어 좋을 듯하다.

우리는 전통적으로 가부장적 규범사회에서 살아왔다. 따라서 가정에서 자녀가 부모의 말씀에 순종하고, 학교에서 제자가 스승의 가르침을 따르며, 직장에서 하급자가 상급자의 지시를 일방적으로 받아들이는 것이 당연하며 미덕이라고 생각해왔다. 아랫사람이 윗사람에게 당당하게 자신의 의견을 말하는 것이 때로 버릇없는 일로 여겨지고, 더욱이 직장에서 상사와 다른 의견을 고집스럽게 주장하는 것은 어리석기 짝이 없는 일로 치부될 때가 많다. 그야말로 우리는 일방통행식 사회에 길들여져 살고 있는 것이다.

우리가 이처럼 일방통행식 사회에서 살게 된 까닭이 무엇일까? 전통적 사회규범이 그것을 미덕으로 여기기 때문이기도 하지만 보다 큰 이유는 우리나라 학교에서의 교육방식이 일방통행식으로 이루어지기 때문일 것이다. 주입식 수업방식에 길들여진 학생들은 어떤 문제를 독창적으로 해결하는 능력을 갖추지 못한다. 그들은 보통 해답을 교사로부터 구한다. 대학에 입학한 학생조차도 문제의 해답은 으레 보기 중에 있으리라고 생각한다. 그들은 세상을 살아가는 길에 대해서도 스스로 개척해내지 못하고 이미 남이 개척한 길 중에서 선택하면 된다고 믿는다. 자신의 생각을 논리적으로 제안하는 데 서투르다. 윗사람이 부르면 항상 메모지와 펜을 들고 쫓아갈 뿐이다.

일방통행로가 때때로 편해 보이기는 하지만 그것은 길이 너무 협소하여 달리 방법이 없기 때문에 궁여지책으로 취한 것일 뿐 쌍방통행이 가능하도록 하는 것보다 바람직하지 않다. 마찬가지로 사회 구성원의 의견이나 사고의 흐름도 쌍방통행방식이 일방통행방식보다 훨씬 바람직한 것은 두말할 나위가 없다. 지식이나 정보의 축적과 유통의 속도가 급격히 빨라진 오늘날에도 윗분의 사고와 판단이 항상 옳고, 아랫사람은 이에 순응해야 하며 윗사람과 다른 자신의 생각을 주장하지 못한다면 21세기 정보화 사회에 적응하기 어려울 것이다.

정보나 생각이 상하로 원활히 흐르게 하자. 부모와 자식, 스승과 제자, 상급자와 하급자, 이 모든 구성원 간에 서로의 의견이나 사고가 쌍방으로 통하게 하자. 우리 모두가 자동차가 자연스럽고 원활하게 양쪽으로 통행할 수 있는 훤한 길을 원하듯이 우리의 생각이 막힘없이 흐르는 양방통행의 사회를 만들자. 다시는 일방통행로가 좋으리라는 착각에 빠지지 않도록 하자.

불우 이웃
돕기

　지난여름 내가 미국에 있는 동안 미국 미시시피 강 유역에 대홍수가 났다. 강이 워낙 길고 크기 때문에 강 하류에서는 큰비가 오지 않는데도 강물이 범람하여 수많은 주민들이 가옥과 전답을 잃어 재산상의 손실이 매우 컸다. 내가 머물고 있던 곳은 재해를 입은 지역과 멀리 떨어져 있어서 텔레비전 화면을 통하여 그곳의 실상을 전해 듣고는 있었지만 주민들은 화창한 날씨를 마냥 즐길 뿐, 어느 누구도 그곳의 홍수에 대해서나 집과 재산을 잃은 이재민에 대하여 이야기하지 않았다. 내가 애써 미시시피 강의 홍수에 대하여 화제를 올렸을 때도 그들은 단지 미국의 어느 한 지방에서 있었던 일이고, 그 문제는 그와 관련된 사람들의 일일 뿐 자기들과는 별 관련이 없다고 이야기하였다. 그들은 그 재난이 마치 아시아나 유럽 어느 지역에서 일어난 것처럼 여기는 듯했다.

　나는 강 유역이 범람하여 근처 도시가 수몰되어 많은 이재민이 발생하는 홍수가 우리나라의 어느 지역에서 일어났을 때 들었던 느낌이나 걱정에 대하여 생각하였다. 비록 내가 개인적으로 홍수로 인한 피해를 보지는 않았음에도 불구하고 피해를 당한 사람들

　　　　　　　　　　　　　　　　　　　　안내의 어려움

을 가엾어하고 무언가 도움을 줄 일은 없을까 하고 궁리하였으며 왜 이와 같은 재앙을 우리 이웃이 겪어야 하는가에 대하여 한없이 슬퍼하기도 하였다. 큰 재난이 있으면 그건 우리 모두의 슬픔이었다. 재난이 있을 때마다 우리는 늘 꼬마들 저금통까지 털어 성금을 모아 도움을 주곤 하였다.

미국 LA에 흑인 폭동이 발생하여 수많은 우리 교포가 집이 부서지고 재산상 큰 손실을 입고 절망에 빠졌을 때, 우리 국내에서도 많은 성금을 모아 도와준 일이 있다. 내가 아는 미국인은 그때 한국인들이 성금을 모아, 이미 미국 시민이 된 그들에게 보내는 것을 보고 깊은 감명을 받았다고 말하며, 어떻게 그러한 일이 가능한지 내게 물었다. 나는 그 점에 대하여 깊이 생각한 일이 없었다. 누군가 어려운 일을 당하면 돕는 것이 당연하다고 여기며 살아왔을 뿐이었다. 미국인의 질문을 받고서야 이 현상은 우리 민족의 바람직한 특성임을 깨달았다.

나는 그 미국인에게 우리에게 그러한 특성이 있는 이유는 우리가 미국과 달리 단일민족으로서 한 할아버지의 자손이며 밖에 나가 만나는 낯모르는 사람도 사돈의 팔촌쯤 된다고 인식하고 있으므로 이웃이 어려움에 처하면 당연히 도와줘야 한다고 생각한다고 말해 주었다.

예기치 않은 재해가 발생했을 때 우리는 흔히 액수가 크든 작든 관련 기관이나 단체에 성금을 기탁하곤 했다. 그러면서 그 성금이 관련 기관에 의해 정말로 불우한 이웃을 위해 쓰일 것이라고 믿었다.

그런데 요즈음 그러한 성금이 본래의 취지대로 집행되지 않은 사례가 있다는 보도를 접하고 나서 나는 아연실색하지 않을 수 없었다. 더구나 그중의 일부는 자치단체장의 관공비로 쓰이거나 자신이 주는 하사금처럼 집행하였다니 참으로 한심하고 뻔뻔스런 사람들이 아닌가! 이보다 더 큰 배신감이 있겠는가! 내가 우리민족의 자랑으로 여겨온 우리의 불우이웃돕기 운동이 일부의 몰염치한사람들에 의해 가장 수치스러운 일이 되었다. 드러내놓고 이야기하기조차 창피하며 분통이 터진다. 돼지 저금통을 들고 줄을 서서 기다리던 꼬마들에게 무어라 설명할 수 있겠는가?

우리는 이웃과 함께 살아가는 민족이다. 이웃의 고통과 아픔을 함께 나눌 줄 아는 민족이다. 조석에 굴뚝에 연기가 나지 않으면 아무도 몰래 그 집 대문 앞에 쌀 한 되 가져다 놓던 인정이 많은 민족이다. 자신의 기쁨조차도 이웃이 슬퍼할 일이 있을 때는 애써 감추며 살던 민족이다.

우리는 이러한 미덕을 지켜나가야 한다. 비록 산업화와 도시화로 우리의 전통적인 애경상조 정신이 다소 퇴색하기는 하였으나 우리의 마음 깊숙이 아직도 지워지지 않고 자리 잡고 있는 이웃과 더불어 살던 우리의 민족성을 지켜나가야 한다. 비록 어느 썩은 자가 있어 우리의 미덕을 어지럽힌다 하더라도 우리는 어렵게 사는 불우한 이웃을 모르는 체하여서는 안 된다. 우리는 언제나 하나이기 때문에……

시골 음악회

　지난 어버이날 중학교에 다니는 딸아이는 나와 아내가 음악회에 참석할 수 있도록 표를 두 장 구입하여 선물하였다. 나는 음악에 대한 이해나 별다른 흥미가 없었지만 딸이 준 선물이 다른 어떤 물품을 받은 것보다 괜찮다고 여겼다.

　음악회가 열리는 날이 되었다. 이른 저녁 시간에 시작하기 때문에 여러 가지 바쁜 일들을 서둘러 정리하고 저녁식사도 하는 둥 마는 둥 음악회장에 갔다. 우리 고장처럼 소도시에서는 이런 활동이 적기 때문에 자식들도 이 기회에 음악 감상을 하는 것이 좋을 듯해 모두 데리고 갔다. 나는 시작 시간에 겨우 맞추어 도착하였으므로 관객 입장은 거의 끝나 가리라 예상하였다. 관객은 대부분 학생들이었다. 나와 같은 성인은 몇 명 없었다. 여기에 참석한 것이 쑥스럽다는 생각이 들었다. 아이들은 사방에서 떠들고 의자 삐걱거리는 소리와 사람들이 쓸데없이 왔다 갔다 하여 장내가 너무 소란스러워 과연 이런 분위기에서 음악회가 열릴 수 있을까 걱정이 될 정도였다. 나는 어쨌든 음악회가 약속한 시간에 열렸으면 하고 바랄 뿐이었다.

무슨 까닭인지는 모르지만 음악회는 자꾸 지연되었다. 무대에는 한 중앙에 피아노 한 대가 덩그러니 놓여 있어서 음악회가 열릴 것 같긴 했다. 나는 주최 측에 가서 빨리 음악회를 열라고 얘기했다. 그러나 그들은 약속 시간이 30분이나 넘도록 그 사정에 대하여 발표하거나 설명하지 않았다. 내가 보기엔 어떤 특별한 사정이 있는 것도 아닌 듯했다. 좀 더 지체한 후에 음악회는 열렸다. 청중은 조용해졌으나 사방에서 문 여는 소리와 의자 삐걱거리는 소리, 어린아이가 칭얼거리는 소리까지 내 귀에 들려왔다. 이러한 관객석의 분위기는 발표자에게도 그대로 영향을 주었다. 비록 열심히 노력을 하지만 특별한 감흥을 일으키지는 못했다.

나는 음악 감상을 하는 동안 자꾸만 미국의 아주 조그만 도시에서 열렸던 음악회가 생각났다. 다행스럽게도 대부분의 지역 문화 행사가 내가 체류한 짧은 기간 내내 개최되었고 음악축제는 2주 간이나 계속되고 있었다. 나는 어느 미국인의 초대로 그 지역 고등학교에서 열리는 음악회에 참여하게 되었다. 비록 고등학교 강당이었지만 객석의 수나 시설물 일체가 음악행사 전문으로 되어 있었는데 내 기준으로는 완벽한 수준이었다. 청중은 시작하기 20분 전에 모두 입장하였고 시작하려면 아직 많은 시간이 남아 있는데도 이석하거나 크게 떠드는 사람이 없었다. 그들 대부분은 출연자들을 소개하는 팸플릿을 보면서 그날의 감흥을 기대하는 듯했다.

음악회가 시작되고 장내에 흐르는 음악이 우리 모두를 얼마나 매료시켰는지 나는 글로 표현할 수 없다. 내가 감동한 것은 수준

높은 음악이 아니라 장내에 흐른 고요함 바로 그것이었다. 청중
석엔 나 혼자 앉아 있는 것 같았다. 긴 가곡이 끝나 박수 소리가
들릴 때까지 나는 하마터면 몸이 너무 긴장하여 의자를 나도 모
르게 당겨 삐걱 소리를 내지나 않을까 걱정되었다. 나는 비로소
수준 높은 음악회는 성악가가 훌륭해야겠지만 근본적으로는 관
중이 만드는 것이라는 생각을 내내 하게 되었다. 그리고 우리와
미국과의 문화적 격차는 발표자의 수준이나 시설의 차이보다도
문화를 받아들이는 관중의 감상수준과 태도에서 온다는 생각이
들었다.

물론 우리나라에서도 서울에는 수준 높은 음악회가 많고 그 음
악회에 모인 청중 역시 나무랄 데 없이 세련된 면모를 보일 것이
라 생각한다. 그러나 내가 비교하는 미국의 도시는 지금 살고 있
는 지방도시보다 더 작고 더 오지였음을 감안할 때 내가 그들을
부러워하는 것은 절대 무리가 아닐 것이다. 음악회가 끝나고 아
직 감흥이 남아 있는 나를 초대했던 미국 친구는 음악회가 끝나고
이어지는 리셉션장으로 안내하였다. 그곳에 그 음악회를 마련하
고 준비했던 사람들과 출연하였던 가수들, 그리고 이들을 만나고
싶은 사람들이 한자리에 모여 서로 이야기를 나누고 있었다.

우리도 이제 문화적 관점에서 선진국 시민들을 따라잡을 때가
되었다. 흔히 우리가 선진 외국과 비교하여 잘사느냐 못사느냐를
경제적 능력으로만 판단하는 경향이 있는데 이보다 더 중요한 판
단의 기준은 사실 문화생활수준에서 바라보아야 한다고 본다. 그
것도 문화행사에 참여하고 감상하는 시민의 태도와 수준이 어느

1. 더불어

정도인가가 중요하다. 문화 수준의 향상은 하루아침에 가능한 일이 아니지만, 우리 모두 문화 수준의 품격을 높이기 위하여 적극적으로 노력해야 한다.

신혼부부의
첫날밤

　비록 짧은 기간이지만 혼자 외국을 여행하다 보니 자연히 여러 사람들로부터 신세져야 하는 일이 많았다. 나는 이러한 경우를 대비해 여러 종류의 선물을 가능한 한 많이 준비하였다. 애초에는 선물을 과다하게 준비할 생각은 아니었다. 여행경비도 문제려니와 출국할 때 한없이 커지는 짐의 무게를 고려할 수밖에 없었으므로 될 수 있는 한 선물의 양을 줄이려고 노력하였다. 그러나 여행 일정과 만나게 될 사람들을 염두에 두고 선물을 준비하다 보니 애초에 마음먹은 것과는 달리 결국 남들 보기에 보따리 장사쯤으로 오해받을 지경이 되어 버렸다.

　선물의 수준이나 질 또는 선물이 주는 이미지, 선물의 값을 고려하느라 선물을 고르는 데 많은 고심을 해야 했다. 싸면서도 품질이 세련되고 한국을 이야기해 주는 선물, 외국에서는 흉내 낼 수 없으면서도 우리가 일상생활에서 자주 사용할 수 있는 것이 좋으리라고 생각했다. 나는 그러한 선물을 고르기 위하여 선물용품점은 물론이고 백화점이나 재래시장을 가리지 않고 돌아다녔다. 그러나 내가 원하는 선물을 찾기란 쉬운 일이 아니었다. 공산품

중에서 품질이 좋고 가격이 저렴하며 가지고 가기에 편리하고 큰 부담 없이 선물할 수 있는 것들은 주로 넥타이나 지갑, 혁대 등이었다. 그러한 물품을 골고루 준비하였다. 하회탈과 인형도 약간 준비하였다.

   나는 이 밖에도 보다 많은 사람들에게 부담 없이 줄 만한 값싸고 부피가 작고 가벼우면서 독특한 인상을 주는 선물을 찾고 싶었다. 몇 해 전 내가 중국을 방문했을 때 일행 중 한 분은 여성용 스타킹을 많이 준비하여 많은 사람들에게 하나씩 선물했는데 그들이 그 선물을 받아들고 즐거워 어찌할 줄 몰라 하는 광경을 본 일이 있다. 그까짓 몇 푼 안 되는 스타킹 하나를 받아들고 그리 즐거워하는 까닭을 물으니 자기네 제품에 비해 한국산 스타킹의 품질이 좋으니 이 스타킹을 신고 뽐낼 수 있다는 것이 큰 기쁨이 아니겠냐고 했다. 나는 그때 값이 비싸다고 좋은 선물이 아니며 필요한 것이 좋은 선물이라는 것을 깨달았다.
   그러나 값싸고 상대방에게 필요할 만한 것을 찾기란 쉬운 일이 아니었다. 특히 외국인에게 주는 선물이라면 한국을 이야기해야 한다고 생각했다. 나를 돕고자 나와 함께 남대문 시장을 돌던 친구는 내가 찾고자 하는 선물로 손수건을 제안하였다. 손수건은 값이 싸고 부피나 무게가 적어 원거리 여행 시 가지고 다니기에 편리하며 선물을 받은 사람은 비교적 오랫동안 몸에 지니고 다니기 때문에 선물을 준 사람을 오랫동안 기억할 것이다. 나 또한 손수건이야말로 받는 사람이 부담을 느끼지 않을 것이란 생각이 들었다. 손수건 중에서도 우리 문화를 소개하는 디자인이면 좋을 듯했다. 그리하여 한국 민화가 그려져 있는 손수건을 어렵사리 찾을 수 있었다. 나는 손수건을 찾은 것이 너무 기뻐 여러 사람들에게 골고루 선물할 수 있도록 충분히 준비하였다.

　미국에서 여행하는 동안 웬만한 인연이 있는 사람이면 손수건을 하나씩 선물하였다. 자주 들르던 식당 주인에게도 손수건 하나를 선물하였다. 그 식당에는 상회라는 한국계 여자 교포가 요리사로 있었는데 주인이 기뻐하며 내게서 받은 그 손수건을 그녀에게 보여 주자 그녀는 즐거운 듯 웃으면서 소리쳤다. "첫날밤이야! 저것은 첫날밤을 그린 그림이야." 그녀는 50이 넘은 나이였는데 손수건 속의 민화를 보고 옛날의 결혼 첫날밤을 회상하는 듯했다. 손수건의 그림에 대하여 설명을 들은 주인은 그 민화의 익살스러운 내용에 아주 흥미 있어 하며 좋은 선물을 준 데 대하여 거듭거듭 감사를 표했다. 상회 씨는 자기에게도 선물 하나를 달라고 졸랐고 나는 상회 씨에게 원두막이 있는 참외밭에서 달 밝은 야밤에 동네 개구쟁이들이 참외 서리를 하다 주인에게 들켜 줄행랑을 치는 민화가 그려진 손수건을 선물하였다. 그때 그녀가 즐거워하던 모습을 나는 잊을 수가 없다. 그녀는 그 손수건을 식당 안에 앉아 있던 손님들에게 펼쳐 보이면서 설명했다. 손님들도 아주 재미있어하였다.

　민화가 그려진 손수건을 가져온 것은 정말 다행이었다. 이 조그마한 선물이 이토록 귀한 가치를 지닐 줄은 꿈에도 몰랐다. 솔직히 처음에는 너무 값싼 선물을 남에게 준다 생각하니 겸연쩍기까지 하였었다. 하지만 내가 준비해 간 다른 어떤 선물보다도 우리의 민화가 그려져 있는 손수건은 선물로서의 가치를 충분히 발휘하였다.

어느덧 준비해간 선물이 다 떨어지게 되었다. 훗날 아내가 미국에 와 합세하게 되었는데 나는 아내에게 선물을 좀 더 준비해오라고 부탁하지 않으면 안 되었다.

임무를 마치고 돌아와야 할 무렵 나는 상회 씨가 일하는 식당에 작별인사를 할 겸 방문하였는데 뜻밖에도 내가 준 손수건이 액자에 넣어져 식당 벽의 한가운데 걸려 있었다. 하단에는 밝고 예쁜 글씨로 다음과 같이 쓰여 있었다.

The first night of the newly married couple(신혼부부의 첫날밤).

오줌싸개
소년상

　벨기에의 수도 브뤼셀을 여행하다 보면 제일 인기 있는 관광 상품이 오줌 싸는 소년상이라는 것을 알 수 있다. 누구든지 이 소년상은 도대체 어떻게 생겼는지 궁금증을 가질 수밖에 없다. 유럽은 오랫동안 세계의 문화중심지 역할을 해 왔기 때문에 보고 싶거나 경험하고 싶은 관광 상품이 많다. 그렇기에 유럽의 중심축으로서의 역할을 별로 한 바 없는 벨기에의 여행을 시도하기란 쉬운 일이 아니다. 벨기에는 면적으로 세계 140위 정도의 나라이고 인구 1,000만 명이 겨우 넘는 세계 83위 정도의 나라이다. 외국인들로부터 특별히 주목받을 만한 나라가 아니고 이웃 국가들에 비해 특별히 뛰어나고 눈에 띄는 관광 상품도 없다고 볼 수 있다.

나는 독일과 프랑스, 영국 그리고 스위스 등을 여행할 때 독일에서 프랑스로 육로로 이동하는 과정에 벨기에 브뤼셀을 경유해야 했는데 이때 그랑플라스 광장을 잠깐 들르게 되었다. 이 광장에서 벨기에의 건축이나 문화 등 거의 모든 것을 볼 수 있다. 그러나 거의 모든 관광객이 반드시 꼭 찾아보는 곳은 오줌 싸는 소년상(Manneken Pis)이다.

브뤼셀의 상징이라 할 수 있는 오줌 싸는 소년상은 1619년 제롬 뒤게노스에 의해 만들어졌다. 이 소년상은 쥘리앙이라는 애칭으로 불리며 브뤼셀 사람들의 사랑을 받고 있다. 이 소년상에 입혔던 의상은 왕의 집(King's House), 그랜드 팰리스(Grand Palace), 시청에서 보관하고 있는데, 미키마우스 복장과 엘비스 프레슬리 복장 등 600벌이 넘는다. 1698년 네덜란드 총독을 시작으로 브뤼셀을 방문하는 많은 국빈들이 자기네 전통의상 등 옷을 이 소년상에 입히는 것이 관례가 되었다. 소년상은 일 년 내내 행사에 따라 옷을 갈아입고, 입었던 옷은 차례로 보관이 되어 이 또한 의미 있는 관광자원이 되고 있다.

오줌싸개 소년상에 얽힌 전설이 여럿 있는데 그중 하나는 어린 소년이 마귀가 살고 있는 집 앞에 오줌을 싸 그녀가 너무 화가 나서 소년을 동상으로 만들어 버렸다는 것이다. 또 다른 하나는 왕궁에 불이 나서 어린 왕자였던 쥘리앙을 찾고 있었는데 오줌으로 왕궁의 불을 끄고 있었던 것을 발견하고 그 의기를 높이 사서 동상을 만들었다고 한다.

나는 그랑플라스 광장을 방문하였을 때 다른 사람들과 마찬가지로 오줌싸개 소년상을 찾고는 물끄러미 보고 사진을 찍었다. 그런데 다소 허탈한 기분이 들었다. 왜냐하면 이 소년상은 언뜻 보기에 빼어난 미술품도 아닌 듯하고 동상 주변이 화려하거나 품격이 있어 보이지도 않았기 때문이었다.

그런데도 이 광장을 찾는 사람들은 끊어지지 않고 계속되었다. 소년상이 입었다는 의상을 보느라 왕의 집 등을 방문하고 주변의 선물가게에서 초콜릿이나 여러 종류의 상품으로 만들어진 오줌싸개 소년상과 그 의상 등을 상품화하여 관광 수입을 올리고 있었다. 조금 떨어진 골목에서는 1985년에 오줌싸는 소녀상(Jeanneke Pis)을 어느 레스토랑 주인이 만들었다는데 관광객들은 그 상을 찾느라 골목을 돌아다녔다.

나는 이 소년상에 얽힌 이야기를 들으면서 우리나라에 있는 여러 종류의 조각상을 떠올렸다. 우리에게는 오줌 싸는 소년상에 비하면 거대한 조각상들이 즐비하다. 우리의 조각상은 대부분 크고 근엄하다. 그들은 우리 서민과 다른 아주 훌륭한 사람들이고 잘 생겨 그 조각상들을 우러러보고 공경해야 하는 대상이지 친근하게 접근하거나 우스운 모습을 연상해서는 안 된다. 조각상들은 우리와 친하지 않고 그들에 얽힌 이야기도 없다. 모든 조각상들은 모두 죽어있어 같이 놀거나 대화하거나 할 수는 없다.

우리 선조들은 우리가 범접할 수 없는 신도 우리 이웃에 살고 우리를 위해 봉사하도록 하였다. 마을 어귀에 세워졌던 미륵이나 장승이나 솟대가 그러하다. 재미있고 친근하며 딱히 잘나지도 않았고 무척이나 큰 사명을 준 것도 아니었다. 미륵에 장승에 솟대에 우리 조상들이 부여했던 이야기를 입혀 오늘날 우리 문화 속에 간직하고 있었다면 오줌 싸는 소년상보다 얼마나 재미있고 유익하였겠는가?

근래에 만드는 위인상 등 내 주변에서 볼 수 있는 대부분의 조각상은 그 크기가 너무 크고 위압적이다. 또한 사람들이 자주 왕래하면서 만날 수 있는 곳에 세우지 않고 멀리서 공경하며 올려다 봐야 하는 위치에 있어 우리와는 출신성분이 다른 존엄한 분이라는 인상을 줄 뿐 살아 숨 쉬지 아니하고 늘 눈을 부릅뜬 채 죽어있는 그런 상들이라 안타깝다.

비록 벨기에의 오줌 싸는 소년상이 보잘것없는 크기로 우스꽝스러운 모습을 하고 있어도 전 세계에서 찾아온 관광객이 반드시 보고자 하는 이유는 이 소년상이 우리 동네에서 흔히 볼 수 있는 개구쟁이와 같은 친근한 모습을 하고 재미있는 이야기를 들려주기 때문 아닌가? 따라서 우리도 이제부터는 죽어있는 상을 만들지 말자. 우리 동네 어귀에 있던 미륵의 이야기를 찾아 널리 알리고 오줌 싸는 소년상보다 더 많이 사랑받는 조각상을 만들어나갔으면 한다.

안내의 어려움

Bus Person

미국 자매대학에서 강의 중에 있었던 일이다. 내 수업은 비정규 과정이어서 중학생부터 70세가 넘는 노인, 농부에서 대학교수까지 다양한 학생들로 구성되었기 때문에 학습수준을 정하기도 매우 어려웠다. 하루는 직업에 관한 주제로 강의를 전개했다. 나는 출석한 수강자 한 명 한 명에게 당신의 직업이 무엇인가 하고 질문하였다. 그런데 고등학교 학생인 여학생이 대답하였다.

"I am a bus person."

나는 그 학생은 자기는 고등학교 학생이라고 대답할 줄 예상하고 있었는데 자기 직업이 'bus person'이라니 그 뜻을 알아듣지 못했다. 나는 당시에 'bus person'이 무엇인지 모르고 있었다. 각각의 단어는 우리나라 초등학생도 알 만한 단어였으나, 이 지역은 버스도 없으니 버스 안내양 일 수도 없고 그 학생이 직업을 가질 만한 나이도 아니어서 당황스러울 수밖에 없었다.

할 수 없이 그 학생에게 'bus person'이 하는 일이 무엇인가 물었다. 그 여학생은 자세히 'bus person'이 하는 일에 대하여 설명해 주었다. 식당에서 일하는 사람 중에는 매니저, 주방장 등의 요리

사, 웨이터나 웨이트리스가 있다. 그 외에도 다른 일을 하는 사람도 있는데 손님이 식사를 하고 간 후에 테이블의 식사그릇을 치우는 일을 하는 것이 'bus person'이라는 것이다. 특별히 지식이나 기술이 없이 할 수 있는 일이므로 고등학교에 다니는 아르바이트 학생들에게 주로 맡겨지는 일이라고 했다.

그 말을 듣고서 'bus person'이 무엇을 말하는지 알게 되었다. 그리고 식사 후 상을 치우는 허드렛일도 한 분야의 직업으로 받아들이는 이들의 태도도 보기 좋았지만 하찮은 부업인데도 자기 직업이라고 당당하게 밝히는 태도가 보기 좋았다.

안내의 어려움

작은 기술

　옛날에 짚신을 만들어 파는 아버지와 아들이 있었습니다. 이들
은 각자 스스로 짚신을 만들어 장이 서는 날이면 시장 한 모퉁이
에 나란히 앉아 각자 자신이 만든 짚신을 팔았습니다. 아버지 짚
신은 잘 팔리는 데 비해 어찌된 일인지 아들의 짚신은 잘 팔리지
않았습니다. 아들은 그 까닭을 알 수 없었습니다. 아들의 생각에
는 아버지의 짚신에는 자신이 알지 못하는 어떤 비결이 있으리라
고 생각했습니다. 그러나 자신으로서는 그 비결이 무엇인지 알
수가 없었습니다. 아들은 아버지에게서 잘 팔리는 짚신을 만드는
비법을 배우고 싶었습니다. 그러나 아버지는 아무것도 알려 주지
않았습니다. 아들은 스스로 그 비법을 찾아내고자 많은 생각을
하였습니다. 짚신의 모양이나 발의 편안함이나 견고함의 정도에
있어서 자신이 만든 짚신이 아버지의 짚신보다 못할 게 아무 것도
없다고 확신할 수 있었습니다. 그런데 왜 사람들은 자기가 만든
짚신을 거들떠보지 않는지 그 이유를 알 수가 없었습니다.
　세월이 흘러 아버지는 나이가 들어 노쇠해졌고 돌아가시게 되
었습니다. 아들은 아버지가 돌아가시기 전에 아버지로부터 짚신

이 잘 팔리는 이유를 듣고 싶었습니다. 그는 아버지에게 그 비법을 말해줄 것을 간청하였습니다. 아버지는 이제까지 아들이 스스로 그 비법을 터득하도록 그 비법을 말해 주지 않았지만 이제 죽음을 목전에 두고 있으니 말해줄 수밖에 없었습니다. 그러나 이미 우둔해져서, "털, 털, 털······." 이란 말만 남기고 운명하셨습니다. 아버지의 짚신이 아들의 짚신보다 잘 팔리고 인기 있었던 이유는 다름 아닌 짚신을 만들고 마무리할 때 짚신을 잘 다듬어 털이 보이지 않고 표면이 매끄러웠기 때문이었습니다. 아버지는 아들이 이 작은 기술을 스스로 깨우치라고 생각하여 평소 이를 말해 주지 않았습니다. 상품의 가치를 훨씬 돋보이게 하는 것이 장사의 비결임을 아들은 미처 깨닫지 못한 것입니다. 우리 주위에는 대수롭지 않은 기술이나 마무리가 상품의 가치나 일의 결과를 완전히 바꾸어 놓는 때가 많습니다.

나는 미국인인 한 친구에게 한국의 전통음악을 소개할 목적으로 오디오 테이프를 몇 개 가지고 갔다가 내 스스로가 무료하여 시장의 전자 전문점에 가서 가격이 저렴하고 모양이나 기능이 비교적 다양한 카세트 라디오를 하나 골랐는데 천만뜻밖에도 한국산이었습니다. 미국의 소도시에서 우리 제품을 만날 수 있다니 그 반가움이야 이루 말할 수 없었습니다. 그동안 그 지방 시장을 여러 번 찾았는데 그 카세트 라디오는 내가 그곳에서 발견한 유일한 한국제품이었습니다. 나는 그 카세트 라디오를 사기로 마음 먹고 테이프를 넣고 요리조리 시험해 보았습니다. 그런데 유감스럽게도 그 카세트 라디오는 되감기 기능이 작동이 되지 않았습니다. 내 잘못이 아닌데도 얼굴이 화끈거렸습니다. 가게 주인에게 나는 한국사람인데 이 제품이 한국산으로 다른 나라 제품에 비해 성능이 앞선다고 자랑하고 싶었는데 그 말을 하지 않은 것이 다행이었습니다. 카세트 라디오를 하나 만드는 데 있어서 되감기 기능은 작은 기술일지도 모릅니다. 그 기술을 몰라서 이런 결과를 초래하지도 않았을 것입니다. 그런데도 외국의 진열대에 놓여 있는 한국산 카세트 라디오가 되감기 기능이 말을 듣지 않는다면 그 제품은 1년이 넘어도 소비자의 손에 넘겨지지 않을 것이고 이로 인해 한국의 모든 전자 제품은 소비자로부터 외면을 받을 것입니다.

소위 명품가방, 짝퉁가방이 있지요. 명품과 짝퉁의 차이는 아주 미미하여 전문가들조차도 이를 구별하기가 쉽지 않다고 합니다. 전자제품이나 가방의 경우에서처럼 겉보기에는 비슷비슷해도 사람들이 좋아하는 제품이 있고 그렇지 않은 제품이 있습니다. 이러한 차이를 가져오는 이유는 무엇일까요?

나는 그 이유를 짚신의 털에서 찾을 수 있다고 생각합니다. 우리는 곧잘 작은 기술과 마무리를 등한시합니다. 짚신을 만들어 파는 아버지와 아들의 경우에서처럼 알고 보면 아무것도 아닌 작은 기술이 상품의 운명을 아주 크게 바꾸어 놓을 수 있다는 것을 우리는 잘 깨닫지 못하는 것 같습니다. 작은 기술은 이것조차도 소중히 하는 사람들의 눈에만 띄는 것이 아닐는지요? 21세기 첨단을 다투는 큰 기술도 작은 기술이 모이고 모여 이룬 결과가 아닐까요? 우리의 모든 조그만 기술들을 소중히 합시다.

그리한다면 우리는 남의 눈에 좋아 보이는 제품을 만들 수 있습니다. 그 작은 기술이 우리 모두와 나라의 운명을 크게 바꾸어 놓을 것입니다.

안내의 어려움

나와 우리

나는 우리라는 말을 좋아한다. 우리라는 말은 내가 가장 흔히 쓰는 말이기도 하다. 나는 우리 집에서 살며 우리 가족과 함께 산다. 나는 우리 직장에서 우리 동료들과 함께 일한다. 우리 민족은 단일 민족이고 우리 할아버지는 훌륭한 선비이셨다. 우리 동네 사람들은 함께 일하고 함께 기뻐하고 같이 슬퍼하며 산다. 그러므로 우리 마을은 살기 좋은 마을이다. 나는 우리나라를 사랑한다. 우리의 산하는 금수강산이며 우리가 아끼고 우리가 가꾸어야 한다. 우리는 나와 너를 합한 것이다. 나와 너는 다른 사람이 아니다. 내가 열심히 일하느라고 땀을 흘리는 이유는 나뿐 아니라 우리를 위해서이다.

우리는 우리라는 말을 쓰기를 유달리 좋아한다. 저 부인은 누구냐고 물으면 나의 아내라고 말해야 하는데 우리 아내라고 곧잘 말한다. 자기 아내를 우리 아내라고 하니 우스운 일이나, 이를 이상하게 여기는 사람은 없다.

우리가 흔히 우리라고 하는 경우 영어사용자들은 보통 나라고 한다.

나의 나라, 나의학교, 나의집, 나의 아내 등등. 그들은 그렇게 이야기하는 것이 당연하고 옳다고 생각한다.

이렇게 언어 사용 현상을 통하여 유추할 수 있는 것이 있다.

영어를 사용하는 사람이 개인을 중요시하고 개인의 책임 하에 어떤 임무를 수행하는 데 반해 우리 한국인은 '나'라는 개인의 존재보다 내가 포함된 무리 전체를 중시한다는 것이다. 그래서인지 한국인은 좋은 일이나 궂은일이나 함께 겪는다는 의미가 내포된 '우리'라는 말을 입에 달고 산다. 나 역시 혼자의 나가 아니고 우리 속에서 함께 살아가는 나를 좋아한다.

우리 선조는 더불어 살기를 좋아하였고 공동체 의식이 강했으며 많은 것을 공동으로 소유하여 왔으리라는 점이다. 산은 임자가 있으되 그 나무는 그 동네에 사는 사람 모두 연료로 사용하였으며 동네 가운데 있는 우물은 누구의 땅에 있든지 동네사람 모두 사용하는 식수원이었을 것이다.

이웃집에 혼사나 회갑과 같은 잔치가 있으면 기쁨을 함께 나누고, 음식도 함께 마련해 나누어 먹었다. 동네에 사람이 죽으면 장례를 마칠 때까지 자신의 일을 뒤로 미루고 장례 일을 함께 돌보았고 어느 집에서 화재가 나면 남녀노소 할 것 없이 모두가 합심하여 신속하게 화재 진압에 나섰다.

큰일이 아니더라도 마을 사람들은 많은 일들을 협동하여 처리하였다. 무슨 일이든 누구의 일이든 그것은 남의 일이 아니라 자신의 일이며 모두의 일이었다. 모내기나 벼 베기, 타작 등 농사일은 물론이고 초가지붕을 다시 얹는 등 대부분의 일들은 모두 함께 했다.

만일 동네에 병약한 자나 노인이 있으면 그 집일은 동네 사람 모두 함께 도와주었다. 이런 경우는 품을 사고팔거나 갚기를 바라지도 않았다.

우리 민족이 반만년에 가까운 유구한 세월 동안 끈끈한 명맥을 이어져 내려올 수 있었던 까닭은 너와 나를 한 묶음으로 여기는 우리 선조들의 동일체 정신이 있었기 때문이다. 자신을 내세우지 않고 너를 나와 함께 하나로 여기는 우리 민족의 동류의식이 내가 소유한 것은 물론 관계가 있는 모든 것을 우리 것으로 만들게 하였고 우리 말 속에 우리라는 말을 특히 발달시켜 왔으리라 여긴다.

그럼에도 불구하고 오늘날 우리는 우리라는 말을 쓰기에 심히 부끄러운 지경에 이르렀다. 오늘날 대부분은 이기주의적 개인주의에 빠지고 말았다. 이웃을 아끼고 이웃과 더불어 살아왔던 우리 선조들이 남긴 정신은 거의 실종되었다. 이웃이야 어찌됐든 자신에게 이익을 가져다줄 일이면 이웃에게 해를 가져다줄 것이 명확한 경우에도 주저하지 않고 시도한다. 자기 집안은 유리알처럼 깨끗이 가꾸면서도 집 밖은 아무리 더러워도 거들떠보지 않는다. 그곳은 자기가 아닌 다른 사람이 치워야 한다고 여긴다. 자기 자녀는 금과옥조인 양 귀히 여기면서도 이웃의 자녀에 대해서는 개의치 않는다. 이러다가 이웃집에 불이 나도 남의 일이요, 이웃에 어려움이 닥쳐도 모두 나와 상관없는 일이라 여기게 될 듯하

1. 더불어

다. 좋은 결과를 가져온 일은 모두 자기가 차지하고 어렵고 귀찮은 일은 모두 옆에 사람에게 미루려고 하지 않을까 걱정이다.

우리도 모르는 사이 우리 모두는 참으로 염치없는 사람이 되었다. 썩어가는 하천은 말할 것도 없고 심산계곡에 흐트러져 있는 쓰레기를 보면 우리가 사람의 얼굴을 하고 다니기에 창피한 처지가 되어버렸음을 알 수 있다. 우리가 이웃을 아직도 귀히 여기고 계속하여 우리라는 말을 자주 쓰고자 한다면 하천이 저토록 더러워서는 안 된다. 우리 이웃에 누가 사는지, 어떻게 사는지도 모르고 살아서는 안 된다. '나'라는 말을 쓰는 사람들보다도 이웃을 중히 여기지 않으면서 어찌 '우리'라는 말을 계속 쓰겠다는 말인가!

이제라도 우리 선조들이 우리에게 물려준 대로 너와 내가 하나되어 더불어 살아가는 참다운 우리가 되자. 그 뜻이 살아있는 우리말 '우리'를 즐겨 쓰자.

안내의 어려움

꽃구경

    바쁘게 지내다 보니 봄이 저만치 지나가고 있다는 걸 잊었다. 며칠 전 진해에 다녀오신 어머니께서 진해의 유명한 벚꽃 이야기를 하시지 않았으면 나는 지금이 개나리나 진달래꽃이 한창 만발할 때라는 것을 알아차릴 수 없었을 것이다.

    내일은 꼭 꽃구경을 하리라고 마음먹었다. 꽃을 보려면 멀리 찾아 나서야 하는 것도 아니다. 내가 근무하는 학교에 들어서기만 해도 교정에 흔히 피어 있는 꽃이 개나리꽃이어서 이를 피해 다니기도 힘든 게 사실이려니와 학교 건물 주변에 즐비하게 피어 있어서 창밖을 내다보기만 하면 눈에 가득 들어온다. 고개를 돌려 앞산을 보면 개나리와 진달래, 벚꽃까지 한눈에 들어올 것이다.

날마다 이 길을 통하여 왕래하였고 강의 시간에도 시간이 나면 창밖을 내다보곤 하였건만 봄이 이만치 지났는데도 환하게 피어 있는 꽃을 구경 한번 못한 게 그저 신기할 따름이다. 내일은 시간을 내서 반드시 꽃구경 한번 하리라. 무슨 수를 쓰든지 창밖을 내다보리라. 이대로 지내다 봄꽃구경 한번 못하고 이 봄을 보내지 않겠는가!

헬렌 켈러(1880~1968)는 장애인이었다. 그녀는 듣지도 보지도 말하지도 못하는 장애를 극복하고 미국의 명문대학인 하버드 대학을 졸업하였을 뿐 아니라 맹아나 농아와 같은 장애인들을 위해 일생동안 헌신하여 '빛의 천사' 또는 '기적의 성녀'라 불렸다. 헬렌 켈러는 '삼 일간만 볼 수 있다면'이라는 제목의 수필에서 모든 게 정상인 친구와의 대화를 소개하고 있다.

어느 날 그녀는 숲 속을 통과하여 방금 들어온 친구에게 그가 숲 속을 지나면서 무엇을 보았는지를 물었다. 그는 아무것도 본 것이 없다고 대답하였다. 그는 물론 앞을 보지 못하는 장님은 아니었으나 그렇다고 무엇을 보았다고 말할 만한 게 없었다. 길이 숲을 통하여 나 있기 때문에 숲을 통과하여 왔을 뿐이었다. 헬렌 켈러는 이 일이 어떻게 가능한지 이해할 수가 없었다. 자신과 같이 듣지도 보지도 못하는 사람도 단지 손으로 나뭇가지를 만져 봄으로써 나뭇가지의 떨림을 통하여 바람소리며 새가 지저귀는 소리까지 느낄 수 있는데 모든 게 정상인 사람이 아무것도 본 것이 없다니 그녀가 믿지 못한 것은 당연한 일이었다.

내가 요즈음 지내는 꼴이 눈은 있으되 보지 못하고 귀는 뚫렸으

안내의 어려움

되 듣지 못하는 헬렌 켈러의 친구와 같다. 무엇이 나를 이처럼 우둔하고 메마른 사람으로 만들고 있는지 스스로 의아할 때가 많다.

어렸을 적에는 비록 철없을지언정 눈에 보이는 것과 들리는 것들이 많았었다. 철 따라 여기저기 피는 꽃들은 말할 것도 없고 길가에 돋아나던 하찮은 잡풀까지 싹이 트고 자라고 시들던 모두를 보고 느끼고 기억하였다. 그러던 내가 늘 그 자리어 피어올라 만발하였을 꽃을 보지 못하고 늘 그 옆을 지나면서도 그 냄새를 이제껏 맡지 못한 것이다.

문득 창문을 열고 창밖의 하늘을 쳐다보았다. 밤하늘엔 이름 모를 별들이 총총히 나와 있었다. 은하수도 보였다. 은하수 위에 유유히 떠 있는 흰 돛단배를 타고 달구경을 하고 있는 다람쥐 한 쌍도 보였다. 별들은 어린 시절 여름철에 하늘이 가까이 보이는 마당 한가운데에 밀대 방석을 깔고 누워서 헤아리던 그때 모습 그대로였다. 뜻밖이었다. 요즈음 밤하늘에도 별이 보인다는 게. 어릴 때 봤던 그 자리에 그대로 있다는 게 신기할 따름이었다. 밤하늘의 별을 보게 된 것이 실로 얼마 만인가! 나는 잃어버렸던 별들을 새로 발견이라도 한 기분이었다. 별을 보면서 이 밤이 지나면 또 언제 별을 볼 수 있을지 알 수 없을 거라 생각하기도 하였다.

헬렌 켈러의 지적대로 나는 늘 그 자리에 있는 것조차 보거나 듣지 못하며, 느끼지 못하고 지나치는 경우가 너무 많다. 주위에 있는 꽃들이며 밤하늘의 별들이 언제나 바로 곁에 있었음에도 이들을 보지 못한 것과 같이 내가 우둔하여 바로 내 곁에 귀하고 사랑스러우며 소중한 이웃들이 늘 있었음에도 이를 알지 못하고 지낼 때가 많아 걱정스럽다. 시선을 조금만 돌려 보거나 창문 너머로 고개를 들어보아도 내가 찾는 그립고 정겨운 사람들이 즐비하게 있는 줄 모르고 내 주위엔 그런 사람들이 없다고 원망만 하고 지내지는 않았는지 살펴보아야겠다.

그들은 거기에 있을 뿐 나보고 찾아 나서라고 하지는 않을 것이다. 그들은 항상 환한 미소를 지으며 물끄러미 나를 보고 서 있을 것이다. 내가 어리석고 우매하지만 않다면 일부러 찾아 나서지 않아도 같이 즐겁게 놀아 줄 친구는 주위에 얼마든지 있을 것이다. 아주 가까이.

봄이 다 가기 전에 내일은 꼭 꽃구경을 해야겠다.

안내의 어려움

Doggie Bag

　미국에 있을 때 어느 인기 있는 식당에 들른 적이 있다. 손님이 많아서 카운터 옆에서 내가 자리에 앉을 수 있는 순서가 될 때까지 기다려야 했다. 그사이 식사를 마친 손님들이 돌아가기 위해 카운터에서 식사비를 계산하는 모습을 지켜보게 되었다.

　그들을 유심히 지켜보던 중 많은 사람들이 음식을 싸가지고 가는 것을 볼 수 있었다. 주인이 싸준 음식을 받아든 손님은 아주 즐거운 표정이었다. 나는 그 식당이 유명하고 인기가 있다고 들은 바 있기 때문에 식사를 마친 손님이 다른 가족을 위하여 음식을 추가로 주문하여 가는 줄 알았다.

　며칠 후 어느 미국인 친구가 자기 집으로 나를 초대하였다. 그는 특별히 나를 위해 주변에 사는 한국인 교포를 시켜 내가 좋아할 만한 한국 음식을 준비하였다. 음식도 맛있었거니와 한동안 한국 음식을 먹지 못했던 터라 정말 맛있게 먹었다. 식사를 마치고 많은 대화를 나누었다.

　숙소로 돌아와야 할 무렵 나는 맛있는 음식과 특히 한식을 준비하여준 데 대하여 감사인사를 하였다. 그 말을 들은 주인은 내게

　　　　　　　　　　　　　　　　　　1. 더불어

Doggie Bag을 해주겠다고 하였다. 나로서는 Doggie Bag이라는 말은 처음 듣는 말이었다. 낱말 그 자체의 의미가 '강아지 가방'이라는 뜻이므로 '강아지 밥' 정도의 의미일 텐데 정확한 의미를 알지 못했던 터라 그것을 달라고도 그러지 말라고도 대답하지 못했다. 우리 집에 강아지가 없다는 것을 이들이 모를 리 없는데 내게 개밥을 싸주겠다니 나로서는 의아해할 수밖에 없었다. 내가 대답을 못 하고 머뭇거리고 있는 동안 다른 손님이 끼어들어 자기도 Doggie Bag을 원한다고 하였다.

우리는 Doggie Bag에 대하여 이야기를 나누게 되었다. 그의 설명에 의하면 식당에 갔을 때나 이웃집에 식사 초대를 받아 갔을 때 먹던 음식이 남으면 집에 있는 개를 주겠다고 하고 이를 가지고 집에 돌아와 사실은 사람이 먹는다고 했다. 이때 가지고 가는 음식을 Doggie Bag이라고 한다는 것이다.

"사람들은 개를 주고 싶다고 남은 음식을 달라고 하지요. 집에 가서는 자기가 먹습니다. 식당 주인도 사람이 먹을 것이라는 것을 압니다. 그러니 사람이 먹을 수 있도록 포장을 해 줍니다."

그 미국인은 재미있다는 듯 웃으면서 설명해 주었다. 그녀는 Doggie Bag은 원래 개를 주던 것인데 요즈음에 사람이 먹게 된 것인지 원래부터 신사숙녀 체면 때문에 개를 준다고 하고 사실은 사람이 먹게 되었는지는 설명하지 못했다.

나는 이제야 '금연' 식당에서 식사를 마치고 돌아가던 사람들이 즐거운 표정으로 받아들고 가던 음식이 추가 주문이 아니라 Doggie Bag이라는 것을 알게 되었고 그날 그 집에서 여러 가지 음식을 골고루 싸가지고 숙소로 돌아갔을 뿐 아니라 그 후로 식당에 갈 때마다 먹던 음식이 남게 되면 나도 Doggie Bag을 요청하게 되었다.

남은 음식을 나누어 먹던 관습은 우리에게도 있었다. 내가 어렸을 때 우리 어머니께서는 이웃집이나 친척 집에 초대가 있어 가시면 돌아오실 때 그 집에서 차렸던 음식을 조금씩 받아 가지고 오셔서 우리에게 나누어 주시곤 하셨다. 그 당시엔 먹을 것이 궁하기도 하였지만 우리에게는 음식을 아끼는 정신이 배어있었다. 남은 음식을 나누어 먹는 것은 아름다운 미덕이었다.

그러던 우리인데 요즈음에는 잘못된 식사 문화 때문에 버려지는 음식이 너무 많다 하여 걱정이다. 버려지는 음식을 값어치로 따지면 연간 몇조 원에 이른다고 한다. 버려지는 음식 자체도 아까울뿐더러 이를 처리하는 비용도 어마어마하다. 더욱 안타까운 일은 우리 부모님들께서는 먹는 음식에서부터 아끼고 절약하여 오늘의 경제적 유산을 우리에게 물려주었는데 우리는 거꾸로 음식을 아까운 줄 모르고 실컷 차려 먹고 아낌없이 버리는 잘못된 음식 문화를 스스로 향유할 뿐만 아니라 후손들에게 물려주고 있다는 점이다.

우리도 Doggie Bag을 즐거운 마음으로 들고 다니자. 우리 아버지 어머니처럼 음식을 버리는 것을 죄악시하고 쌀 한 톨도 귀히 여기던 검약 정신을 지켜나가자. 아무리 남아돌아도 귀한 것은 귀한 것이고 지킬 가치 있는 정신은 지켜나가야 한다. 나도 Doggie Bag을 들고 다니기 위하여 강아지 한 마리 길러야겠다.

어리석은
충고

나이가 들다 보니 병원에 입원하게 됐다. 병원출입을 자주하는 편이지만 병원에 입원하는 일은 거의 없었는데 입원치료를 하다 보니 다른 환자들의 딱한 경우도 접하게 되고 나보다 나이가 더 많으신 노인들과 같은 병실을 쓰게 되면서 세상에 대하여 더 많은 것을 생각하게 되었다.

나 개인으로서는 간호과가 있는 대학에서 교수로 일하다 보니 졸업 후 학생들이 간호사로서 병원에서 일하는 제자를 더러 만나게 되고 일하는 제자를 만나면 어려운 환경에서 열심히 일하는 모습에 애틋한 감정을 갖게 된다. 평소 이런저런 일로 병원을 출입하다 오랜만에 제자를 만났을 때는 그저 반가울 뿐이었으나 이번처럼 내 스스로 입원을 하여 남들이 모두 잠들어 있을 새벽 시간에 나를 돌보는 간호사가 내 제자이다 보니 더욱 안쓰러웠다.

나는 제자에게 무슨 말이든 격려하는 말을 해야겠다고 생각했다.

"새벽 시간에 근무하려면 어렵지? 힘들 거야. 이런 환경에서 계속 일할 생각 말고 공부를 더 하면 어떻겠어? 공부를 더 한다면 간호와 관련된 근무조건이 더 좋은 일이 많이 있을 거야. 더 나은 환경을 찾는 노력을 포기하고 이런 시골 병원에서 아까운 청춘을 다 보내지 말고."

묵묵히 듣고만 있던 제자는 내 말이 끝나기 무섭게 잠시 동안의 망설임도 없이 응답하였다.

"교수님, 전 현재 여기서 하는 이 일이 좋아요. 전 직업을 잘 선택했다고 생각하고 이런 시골에서 일하게 됐다는 걸 다행스럽게 생각해요. 내가 하는 일이 어렵다거나 여기 근무환경이 열악하다고 여긴 적도 없어요. 안 믿으실지 모르지만 전 병증이 심하여 입원했던 환자가 호전되어 퇴원하는 걸 보면 희열을 느끼곤 해요. 제가 다른 어떤 일을 하여 그런 짜릿한 기분을 느낄 수 있겠어요."

나는 매우 당황스럽고 멋쩍었다. 정말 훌륭한 제자에게 내가 충고랍시고 한 말은 너무 어리석은 말장난에 불과했고 단지 세속적 충고를 한듯하여 그 제자와 마주하기가 겸연쩍었다. 마음속으로는 이런 마음을 가진 젊은 간호사들로 우리 사회는 밝고 건전하게 발전할 것이란 믿음이 생겼고 진정으로 제자를 칭찬해 주었다.

후일 학교에 돌아와 제자들에게 자신이 맡은 일의 소중한 가치를 지키고 자부심을 가지고 살며 자신이 하는 일에서 희열을 느낄 수 있는 삶을 살아갈 것을 기회 있을 때마다 되풀이 말했다.

병실에서

나는 시골 병원에 입원했을 때 6인 병실에 있게 되었다. 시골 병실 풍경이 대부분 그렇겠지만 내가 입원했던 병실의 환자는 전부 노인들이었다. 이 병실이 노인 병실이어서였겠지만, 입원 환자의 대부분이 노인들이기 때문이기도 할 것이다. 환자 중 한 분은 90이 넘은 분으로 귀도 어두워 대화도 어려운 분이었다.

노인 병실 환자로 아직 나이가 어린 나로서는 간호사들이 '할아버지'라는 호칭이 듣기 민망하여 그런 호칭을 들을 때마다 '아저씨'라고 정정해 주곤 하였다. 그런데 '할아버지'라는 호칭보다 더 듣기 민망한 것은 간호사들이 노인 환자들에게 건네는 말투였다.

"할아버지, 똥 쌌어? 오줌도 싸고. 몇 번?"

나는 이런 말투를 듣다 참지 못하고 간호사를 조용히 불러 노인들을 대하는 말투가 옆에 있는 사람도 듣기 거북하니 존대어를 써주면 좋겠다고 조용히 타일렀다.

"무슨 말씀 하시는지 알아요. 그런데 저희가 그런 말투로 말하는 건 그 환자분을 무시해서가 아니에요. 그분들은 그렇게 물어줘야 대화가 되거든요. 노인환자를 위하는 마음과 정성스레 돌보

겠다는 자세가 중요하지 알아듣지 못하는 존대어 사용이 중요한 건 아니에요. 그분들은 아기말로 물어야 대답이 가능한 분들입니다. 우리가 아기에게 말할 때 '똥 쌌어?' 하고 묻지만 아기를 무시해서 그러는 게 아니잖아요."

나는 그제야 여기 환자들 중에는 아기가 다된 어른들이 많다는 것을 깨닫고 간호사들이 사용하는 말투는 귀여운 갓난아기를 돌볼 때 쓰는 말투라는 것을 깨달았다. 그런 말투야말로 진정 극존칭이라는 생각이 들었다.

얼굴 바위

미국 오리건 주에 밴던 비치라는 아름다운 해변이 있다. 이 해변에는 크고 작은 바위들이 늘어서 있고 태평양 연안의 강한 파도에 부딪혀 그 생김생김이 기묘한 바위들이 많다. 나는 오리건 주에 있는 동안 자주 이 해변을 찾곤 했다. 그러던 어느 날 이곳에 관광 온 사람이 내게 가까이 와서 물었다. 어느 바위가 얼굴 바위(face rock)인가 하고. 나는 그 해변을 여러 번 방문했지만 주로 혼자하는 여행이어서 얼굴 바위에 대하여 이야기를 들어본 일이 없고 바위의 생김새를 유심히 본 적도 없었다. 그 질문을 받은 후 나는 어느 바위가 사람의 얼굴을 닮았는지 애써 찾아보았다. 어떤 각도에서 보면 이쪽에 있는 바위를 말하는 것 같기도 하고 또 다른 각도에서 보면 다른 바위를 말하는 것 같기도 했다. 하지만 어느 바위를 얼굴 바위라 하는지 정확히 알 수는 없었다. 며칠 뒤 내가 아는 미국인과 함께 그 해변에 가게 되었고 그로부터 어느 바위를 얼굴 바위라 하는지 정확히 알 수 있었다. 그 후로 나는 밴던 해변에 가면 얼굴 바위를 한 번 더 눈여겨보게 되었고 일행과 함께 가면 그들이 얼굴 바위를 찾아내는지 시험해 보곤 하였다.

안내의 어려움

나는 용봉산을 자주 찾는다. 산이 가까이 있어서 좋기도 하지만 여러 가지 괴이한 모습을 한 바위들이 산행을 지루하지 않게 하기 때문이다. 산에 오르다 잠시 휴식을 취하면 주변에 있는 바위 생김새를 보고 혼자 이름을 붙이곤 한다. 바위 바위마다 이름을 붙이고 그 의미를 부여해 준다면 용봉산은 생명력이 훨씬 강해지고 산을 찾는 관광객들도 더욱 흥미 있는 산행을 하게 될 것이다.

기묘하게 생긴 바위가 아무리 많아도 이름이 없고 바위에 얽힌 사연이 없어 산을 찾는 이들에게 아무런 감흥을 주지 못하고 그저 존재하고만 있는 바위일 뿐이다. 그런 바위들은 등산객의 발길에 채이거나 밟혀 문드러지는 신세를 면치 못할 것이고 사람들은 의미 없는 바위들로 가득 찬 용봉산을 두 번 세 번 찾지 않을 것이다.

용봉산의 크고 작은 바위 모두에 이름을 붙이는 운동을 하면 어떨까? 야외 학습을 위해 찾아온 학생이거나 일반 홍성 시민, 아니면 처음으로 용봉산을 찾은 관광객 등, 누구든 그럴듯한 이름을 붙이는 사람에게 상을 내려서라도 바위 모두가 이름을 갖게 하자.

그리고 그 바위들 간에 얽히고설킨 이야기들을 꾸며 주자. 그래서 용봉산 전체를 살아 움직이는 용과 봉황의 천국으로 만들어 보자. 어느 이름 모를 산허리에 이름 모를 등산객이 하나씩 쌓아 올려 만들어진 돌무덤처럼 누군가가 시작한 이야기 더미에 이야기를 덧붙이고 또 덧붙이고 하여 우리의 산 용봉산이 이야기 무덤이 그득한 산, 우리 모두가 즐거움과 슬픔을 함께 나누는 산이 되도록 하자. 천년 후에 전설이 넘쳐나는 용봉산을 그려보며 나는 오늘도 악귀봉에 오른다.

시민박물관

    유감스럽게도 나에게는 선대로부터 물려받은 가치 있는 유품이 없다. 웬만한 가정이면 한두 점 있을법한, 귀 떨어진 이조백자는 고사하고 좀 오래됐음직한 항아리 한 점 없다. 임금으로부터 받았다는 교서나 밀지는 고사하고 고서나 고화 한 점이 없다. 골동품이라고 대접받을 만한 것이라곤 아무것도 없고 할아버지, 할머니 사진 한 장 가지고 있지 못하다.

    할아버지, 할머니께서 돌아가신 지는 30년 남짓 된다. 두 분이 생존해 계셨을 때 나는 학생이었는데 우리 집 안방 사진 액자에 할아버지 할머니 사진이 한 장씩 조그마한 크기로 걸려 있었다. 우리 집은 종가 집이 아니어서 다른 유품이 남아 있을 리는 없는데 그나마 우리 집 액자 속에 걸려 있던 그 사진도 어디로 갔는지 나로서는 알 수 없다. 내가 지금 알고 있는 것은 우리 가족 누구도 할아버지, 할머니 사진조차 가지고 있지 않다는 것뿐이다.

    내가 기억하기로 할아버지가 돌아가시고 삼년상을 치른 다음, 할머니가 돌아가셨다. 그래서 또 삼년상을 치렀는데 그분들이 사용하던 유품은 대부분 소각시킨 듯하다. 내 생각으로 당시 우리 집안은 경제적으로 부유한 형편이 못되었으므로 당시 경제적 가치로 보아 보존하여야 한다고 생각될 만한 유품이 있을 리 없으니 그나마 남아 있던 유품은 다 소각하였을 것이다. 할아버지가 쓰시던 긴 담뱃대나 돋보기안경, 쓰고 다니시던 갓 등은 그 후로 어떻게 되었는지 나는 추측할 수 없다. 단지 우리 중 누구도 할아버지 할머니 유품을 한 점도 가지고 있지 않은 것이 확실할 뿐이다.

아버지께서는 몇 해 전 세상을 뜨셨다. 그때 나는 아버지께서 쓰시던 유품들 중 아버지의 체취가 배어 있는 것—옷 한 벌, 중절모, 안경, 시계, 도장, 사진첩, 넥타이, 메모장, 자주 보시던 책 등—을 모아 간직하고 있었다. 그러나 어찌어찌하다 대부분 유품은 버리고 내가 가장 아끼는, 아버지께서 몇 년 동안 메모를 하셨던 메모장만 가지고 있다.

내가 방문했던 미국의 도시 중에서 인구가 2만 정도 되는 노스밴드(North Band)라는 도시가 있다. 이 작은 도시 어귀에 조그만 시민박물관이 있었다. 박물관은 단층으로 화려하지 않았고 전시된 물품도 역사적 가치가 크거나 오래되지 않았다. 불과 몇 년 전까지 혹은 최근까지도 시민들이 사용하던 청바지, 낚시도구, 나무 자르는 톱 등 일상용품뿐이었다.

나는 몇 차례 그 박물관을 찾게 되었는데 방문할 때마다 은퇴한 할머니 두 분이 짝을 지어 교대로 근무하면서 관람객들에게 안내 겸 설명을 해주고 있었다. 할머니들은 일주일에 한 번씩 교대로 무보수로 근무를 한다 하였다.

나는 때때로 내가 간직하고 있었던 아버지가 남겨주신 유품들을 생각하면서 우리 홍성에 우리 시민이 일상적으로 사용하던 유품을 전시 보관할 수 있는 시민박물관을 세워 미국의 작은 도시에 있는 시민박물관처럼 운영할 수 있으면 좋겠다고 생각했다. 그렇게 되면 박물관에 우리 할아버지나 할머니, 아버지, 어머니께서 쓰시던 일상용품을 가족별로 보관하고 전시할 수 있을 것이다. 은퇴한 할머니, 할아버지께서 이 조그만 박물관을 관리하고 관광객에게 그 전시품에 대해서 자상한 설명을 해줄 수 있을 것이다. 나는 우리 아이들이나 조카들을 데리고 와 그들의 증조부나 조부모님께서 직접 쓰시던 물품과 이웃집 할머니나 할아버지께서 쓰시던 유품들을 보여주며 역사를 가르치고 30년 전이나 50년 전의 시민생활을 상상하여 볼 수 있게 할 수 있을 것이다. 그러면 아이들로 하여금 조상에 대한 고마움과 존경심을 느끼고 그들의 뿌리에 대한 자부심을 갖게 할 수 있을 것이다. 할아버지, 할머니 유품이나 사진 한 장 간직하고 있지 못한 나 같은 사람은 그로 인한 공허함이나 조상들에 대한 죄책감을 덜 수도 있다. 우리가 각 가정의 유품을 모아 시민박물관을 잘 운영할 수 있다면 훌륭한 관광명소로 발전할 것이고 시간이 흘러 연륜이 쌓이면 우리에게 아주 귀하고 숭고한 자산이 될 수 있을 것이다. 아주 조그맣고 소박한 시민 박물관을, 작지만 귀해서 모두로부터 사랑받는 시민 박물관을 건립하는 데 힘을 모아 보자.

홍성의 '쉬리' 만들기

　라스베이거스는 세계적으로 도박과 환락의 도시로 유명하다. 세계의 유명 호텔 대부분이 라스베이거스에 있고 세계적인 쇼나 각종 이벤트가 이곳에서 연중 개최된다. 호텔 한 곳에서 사용하는 전력이 인구 6,000명의 도시에서 사용하는 전력과 같다고 한다. 사람들이 비행기나 기차에서 내려 라스베이거스에 첫발을 내딛는 순간 맨 처음 맞이하는 것이 갬블링 머신이 빈틈없이 들어찬 도박장이다. 공항이나 기차역 대합실, 호텔의 통로가 온통 도박장으로 되어 있어 사람들은 자연스럽게 도박장을 출입하거나 경유하게 된다. 여기서는 노인이나 젊은이, 남자나 여자 누구나 자연스럽게 도박을 즐긴다. 라스베이거스는 밤이 낮보다 더 활기차고 화려하다. 불야성을 이룬 장관을 보면 라스베이거스가 연간 강우량 200mm이하의 극도로 건조한 사막지대에 세워진 도시라는 점이 믿기지 않는다.

　라스베이거스가 속한 네바다 주는 끝없이 이어지는 산줄기와 사막지대로 프론티어 정신이 배어 있는 미국인조차도 쉽게 발을 들여놓지 못했었다. 1859년 은광이 발견되어 사람들이 모여들었으나 1900년 초 폐광되어 황폐한 도시가 되었다. 오늘날의 라스베이거스를 건설하기 시작한 때는 1931년이다. 콜로라도 강을 막아 후버댐을 만드는 대역사로 사람들이 몰려들기 시작했고, 도박을 합법화하여 꾸준히 도박의 도시로 가꾸어 왔기 때문이다.

이와 같이 확고한 이미지를 갖고 있는 도시의 예는 많다. 버클리는 교육 도시로 대학이 도시를 대표한다. 금문교가 있는 샌프란시스코는 관광도시고, 우리가 잘 아는 로스앤젤리스는 유니버설 스튜디오의 상징성 때문에 영화의 도시라고 인식된다.

우리나라도 나름대로의 이미지를 갖고 있는 도시가 많다. 서울에서 가까운 대천은 해수욕장, 공주는 교육, 온양은 온천, 이천은 도자기를 떠올리게 한다. 또한 영국의 엘리자베스 여왕이 방문하여 화제를 모았던 안동은 전통가옥과 문화를 잘 보존하고 있는 하회마을 덕분에 전통문화 도시라는 이미지를 갖고 있다. 이밖에도 많은 지역들이 나름대로의 지역적 특성을 나타내는 이미지를 갖고 있다.

이러한 이미지는 하루아침에 만들어지는 게 아니다. 또한 일부 몇 사람만의 역량에 의해 결정되는 것도 아니다. 좋은 이미지는 그것에 관련된 사람을 명예롭게 하고 관련 상품의 가치와 경쟁력을 높인다. 반면에 나쁜 이미지는 상품의 가치와 경쟁력을 떨어뜨리고 관련된 사람들의 명예를 손상시킨다. 스위스는 좋은 시계를 만드는 나라라는 이미지를 갖고 있다. 사람들은 스위스는 시계를 잘 만드니까 다른 상품도 잘 만들 거라고 생각한다. 사실 스위스보다 더 좋은 시계를 만드는 나라는 많을 수 있다. 그럼에도 불구하고 시계에 관하여 스위스가 갖는 국가 경쟁력은 아주 높을 뿐만 아니라 무엇이든 섬세하고 정밀한 것은 스위스 제품이 좋을 거라고 생각한다. 이처럼 어느 한 분야에 대한 좋은 이미지는 다른 분야에도 좋은 영향을 미친다.

만일 홍성이 토양이나 갯벌, 하천 등이 오염되지 않은 청정지역이라면 홍성의 농산물이나 수산물도 아주 깨끗할 것이라는 이미지를 심어 줄 것이다. 뿐만 아니라 그 안에 사는 사람들은 환경을 사랑하고 마음이 순하고 고울 것이라고 생각할 것이다.

이처럼 좋은 이미지는 최고의 상표이다. 그러므로 우리는 홍성의 이미지를 가꾸어야 한다. 홍성은 깨끗하다. 홍성사람은 친절하다. 홍성은 무공해 청정지역이다. 홍성에서 생산되는 제품은 신뢰할 만하다. 이들 중 홍성을 대표할 만한 것은 무엇인가? 〈쉬리〉라는 영화 한 편이 한국 영화의 자존심을 살려 놓았듯이 우리 모두 홍성, 하면 떠오르는 홍성만의 좋은 이미지를 가꾸어 나가자!

안내의
어려움

지난 주말, 이름도 알려지지 않은 산을 찾아 홀로 산행을 하게 되었습니다. 사람이 많이 찾지 않은 산이어선지 삶의 때가 묻어 있지 않은 산 그대로의 모습이었습니다. 특별한 등산로도 없었고 산 입구에 그 흔한 이정표나 오가는 손님을 맞는 구멍가게 하나 없었습니다. 단지 누군가가 다녀서 저절로 만들어진 좁은 오솔길만이 사람이 다닌 적이 있다는 사실을 알려줄 뿐이었습니다. 나는 자연의 냄새를 만끽하며 오솔길을 따라 들어갔습니다. 몇백 년 묵은 원시림이나 아름드리나무가 눈에 띄지는 않았지만 가으내 떨어져 쌓인 낙엽을 밟고 신선한 산 냄새를 물씬 마실 수 있어서 좋았습니다.

아무런 상념 없이 오솔길을 따라가던 나는 문득 멈춰서야 했습니다. 끝없이 하나의 길로만 이어지리라 믿었던 오솔길에 갈림길이 나타난 것입니다. 어느 길로 가야 할지를 몰라 한참 동안 망설일 수밖에 없었습니다. 궁리를 한다고 해서 어느 길을 택해야 좋을지 알 수 있는 일도 아니었습니다. 하는 수 없이 나는 그중에 한쪽 길을 택했습니다. 그리 깊은 산이 아니라서 좀 더 가다가 잘

못 들어선 듯싶으면 원점으로 되돌아오면 되겠다고 생각했습니다. 이십여 분을 더 갔을 때 또 갈림길이 나타났습니다. 나는 또다시 선택의 기로에 서게 되었습니다. 그때 그곳에서 길을 아는 누군가를 만날 수 있었으면 얼마나 좋았을까요?

누군가 이곳에 이정표를 세워 놓았더라면 내게 큰 도움이 되었을 것입니다. 또는 미리 이곳을 다녀간 사람들의 이야기를 듣고 왔더라면 갈림길이 두 갈래건 세 갈래건 당황할 필요가 없었겠지요. 여기까지 와서 되돌아가기엔 너무 섭섭하고, 앞으로 나아가기엔 망설임이 앞섰습니다. 그렇다고 무작정 여기서 머무를 수도 없어서 아무런 준비 없이 산행에 나선 것을 후회하게 되었습니다.

갈림길은 산중에만 있는 것이 아닙니다. 인적이 드문 시골에도 번화한 도시에도 갈림길은 있습니다. 도시의 갈림길은 더욱 많고 더 복잡합니다. 지상 도로나 지하도, 고가도로 할 것 없이 어디서 시작되고, 어디서 끝나는지 모를 여러 가닥의 길이 거미줄처럼 얽혀 있습니다. 그런데 도시의 복잡한 길보가 더 복잡하게 얽혀 있는 길이 있습니다. 바로 인생의 길입니다.

우리는 언제나 갈림길에 서 있습니다. 인생의 길은 사람마다 다르고 상황에 따라 바뀝니다. 우리는 끊임없이 다가오는 갈림길에서 선택을 강요받습니다. 그러나 갈 길을 정확하게 알지 못합니다. 어떤 때는 내 앞에 길이 나타나지 않아 허허벌판에서 헤매는 때도 있습니다. 어느 때는 수많은 곁길로 잘못 들어서기도 합니다. 가지 말아야 할 길로 잘못 들어섰다가 많은 시간과 수고를 허비하는 경우도 많습니다.

　중요한 선택의 기로에 섰을 때 어느 길로 들어서야 할지를 판단하기 위해 성공한 선배로부터 자문을 받아 보고, 다른 사람들의 경험담을 찾아봅니다. 이 같은 여러 노력에도 불구하고 종종 지나온 길을 되돌아보며 후회할 때가 많습니다.

　내 자신이 때때로 잘못된 길을 걸어왔음에도 불구하고 뒤를 따라오는 후배에게 어느 길이 올바른 길인지를 말해줘야 하는 때가 있습니다. 나는 그들을 잘못된 길로 안내할까 두렵습니다. 스스로 확신이 없으면서 그들이 갈 길을 일방적으로 강요하지는 않았나 걱정도 됩니다. 때로는 그들에게 올바른 길을 말할 자신이 없어서 스스로 길을 찾으라고 아무 빛도 보이지 않는 황야로 그들을 내몬 적도 있습니다.

　얼마 전 나는 낯선 고장에 갔습니다. 그때 자신 있게 목적지까지 안내해 주던 택시기사를 잊을 수가 없습니다. 그는 자기 고장은 물론이고 다른 지방의 가장 안전하고 빨리 갈 수 있는 길을 모조리 다 알고 있다고 말했습니다. 자기가 택시기사가 된 이래 손님을 목적지에 잘못 안내한 적은 한 번도 없다며 자기처럼 지름길로 안내할 수 있는 기사도 흔치 않다고 하였습니다. 그의 말은 다소 과장된 듯했으나 늘 후배를 안내하는 데 자신이 없는 나로서는 굉장히 부러웠습니다.

　나도 그처럼 내게 의지하는 후배나 제자들에게 그들이 원하는 목적지까지 가장 빠르고 안전하게 데려다줄 수 있다고 말할 수 있다면 얼마나 좋을까요? 때로는 목적지가 어딘지도 모르는 후배들

　　　　　　　　　　　　　　　　안내의 어려움

에게 그들이 당도해야 할 목적지까지도 알려줄 수 있다면 더욱 좋겠지요. 이제부터라도 스스로 길을 찾으라거나, 어느 책인지도 말해 주지 않고 그저 책속에 길이 있다거나, 실패는 성공의 어머니라는 글귀를 인용하며 마치 실패가 당연하고 실패는 값진 것인 양 말하는 무책임한 안내자가 되지 않기 위해 노력하겠습니다.

갈림길이 나타날 때마다 그들이 당황하지 않도록 나는 오늘도 아무도 거들떠보지 않는 낯선 길에 이정표 하나 세우겠습니다. 누군가 내가 세운 이정표를 보고 바른길로 들어설 수 있도록.

내 친구는
택시 운전기사

　택시 운전을 하는 옛 친구를 만나 대화를 나눌 기회가 있었다. 우리들은 정말로 오래간만에 만나는 것이어서 많은 이야기를 나누었다. 그는 20년 이상 자동차 운전 경험을 쌓은 무사고 운전사로서 자동차 운전에 관한 한 우리 고장에서는 자기가 가장 뛰어날 거라고 자랑하였다. 그럼에도 경력이 쌓인 만큼 타성에 젖게 되고, 나이가 드니 예기치 않게 자동차 사고를 일으킬지도 모른다는 두려움이 앞선다고 실토하였다. 그는 사고를 일으켜 지나가는 행인이나 자기 차에 태운 손님에게 상처를 준다면 그보다 미안한 일이 어디 있겠는가하고 말했다.

　그는 자기가 한때 승객을 하찮게 여겼다고 했다. 승객의 안전을 생각 않고 영업능률만을 생각했다는 것이다. 그런 점에서 지금까지 자기 차를 이용한 손님들에게 미안하다고 말하였다. 지금까지 사고가 없었던 것은 자기의 뛰어난 운전실력 때문이 아니고 단지 운이 좋았을 뿐이라고 강조했다. 그러면서 차를 운전할 때는 결코 경거망동하지 말라고 나에게 당부하였다.

　그와 대화한 이후 나는 남이 운전하는 차를 타는 것이 매우 불안했다. 그 후로 나는 택시를 탈 때마다 늦어도 좋으니 천천히 가 달라고 부탁하는 버릇이 생겼다. 그럴 때마다 기사들의 대답은 늘 비슷했다. 천천히 가려면 뭣 하러 택시를 탔느냐는 것이다. 어떤 기사는 곡선도로를 갈 때도 속도를 줄이지 않고 더욱 가속하기도 하였고 어떤 때는 급정거를 하여 나를 화들짝 놀라게도 하였다. 그럴 때 또다시 충고를 하면 그들은 으레 자기는 이 길을 수없이 달렸고, 여기서는 눈을 감고도 운전할 수 있다고 했다.

나는 기사에게 자동차 사고는 아는 길에서 나며, 원숭이도 나무에서 떨어지니 조심하고 조심해서 운전하라고 당부하곤 한다. 그러면 운전기사들의 대답은 보통 이랬다. 사고 날 것에 대비해서 우리는 보험에 들어놨다고. 그것도 종합보험에 들었으니 걱정할 필요는 없다고. 난 이제까지 몸이 다치는 사고는 한 번도 내지 않았으니 천만다행 한 일이다. 더욱 다행한 일은 내가 탄 택시의 운전기사는 내가 가고자 하는 목적지에 모두 날 안전하게 데려다주었다는 점이다. 내가 목적지를 말하면 그들은 모두 그 목적지가 어디인지를 알고 있었다. 어떤 길로 어떻게 가야하며 얼마만큼 시간이 걸릴지도 미리 말해 주는 기사도 많았다. 이점 때문에 나는 택시기사들을 부러워하고 존경한다.

나는 교사로서 제자들을 어느 시점까지는 안내해 주어야 한다. 그러나 제자들을 어느 길로 어떤 목적지까지 데려다주어야 하는지 알지 못하고 무작정 데리고 다닌 불완전한 안내자였다. 그 과정에 수없이 시행착오를 하면서도 책임진 일은 한 번도 없는 파렴치한 안내자였다. 더욱이 실패한 안내에 대하여 미안해하거나 변상을 위하여 보험에 들거나 한 일도 없다. 안내를 잘못한 것에 대하여 잘못을 인정하기는커녕 교사로서의 우월한 지위를 이용하여 제자들에게 그 책임을 뒤집어씌우기도 했다.

그럼에도 난 늘 자신 있게 그들을 안내해온 것처럼 호기를 부려왔고, 확실하지도 않으면서 내가 안내하는 것이 옳은 길이라고 벼랑 끝으로 몰아치다 절벽 아래로 떨어뜨릴 뻔한 일이 한두 번이 아니었다. 전후좌우 살필 겨를도 없이 늘 시간에 쫓기듯 그들을 몰아붙인 적도 많다. 그들은 너무 어려 내가 안내하고 있는 길이 바른 길인지 아닌지 분간할 수 없는 형편이고 혹 바른길이 아니란 걸 알아도 감히 이의를 제기하고 시정을 요구할 처지도 못되었다. 나야말로 그들에겐 절대 권력을 쥔 왕이었다. 나에게 맡겨진 그들이 얼마나 가련한가!

교사의 잘못된 안내로 입게 되는 제자의 상처가 운전기사가 실수로 일으킨 사고의 결과로 승객이 입은 상처와 어찌 비교할 수 있겠는가? 또한 교사가 제자를 바른 목적지로 안전하게 안내했을 때의 그 안도감이나 희열감을 어찌 운전사가 승객을 목적지에 안전하게 안내했을 때의 그것과 비교할 수가 있겠는가?

이제부터라도 한 명의 제자도 소중하게 여겨 신중하고 침착하게, 그들이 원하는 목적지에 당도하도록 안내하자. 그러기 위하여 어느 길이 바른길이고 안전한 길인지 미리 가보고 비교하고 탐구하자. 운전을 오래하여 연륜이 쌓이니 오히려 안전사고가 날까 겁이 난다던 택시기사 친구의 말을 듣고, 이제 그 친구라면 이용해도 괜찮겠구나 생각했다.

안내의 어려움

같이 삽시다

　좋아하고 존경하는 옛 친구가 있습니다. 그는 어려운 가정에서 태어나 초등학교를 졸업하고 사회생활에 뛰어들었습니다. 내가 초등학교를 졸업하고 중학교와 고등학교를 거쳐 대학을 졸업하고 사회에 나오는 동안 그는 온갖 종류의 일을 하며 세상을 살아야 했지요. 불우한 환경에도 그는 역경을 헤치며 밝고 바르게 세상을 살았습니다.

　내가 사회에 나와 교직에 있을 때, 그는 여전히 경제적으로 어려운 처지였습니다. 그는 봉고 트럭을 하나 구입하여 여기저기 오일장을 돌아다니며 작은 짐승을 파는 장사를 하였습니다. 소위 장돌뱅이였습니다. 내가 사는 지역에 장이 서는 날이면 그가 차를 세워 놓고 장사하는 모습을 멀리서 유심히 바라보곤 하였습니다.

　그러다가 문득 의문이 하나 생겼습니다. 장이 서는 날 도로가에 차를 세워 놓고 터를 어떻게 잡는지 궁금하였지요. 그래서 친구에게 물었습니다. 그랬더니 친구는 어느 세계나 관습이란 게 있고, 아무리 하찮은 장사라 하더라도 상도의가 있다고 하더군요. 그래서 영역을 합리적으로 정해서 지킨다는 것입니다. 그러면 낮선 장사치가 처음 발을 들여놓을 때, 기득권 있는 장사들이 양보해 주는가 물었습니다.

 "친구, 누군가 중고 봉고 트럭을 사서 자기 가게도 없이 도로가에서 나처럼 작은 동물을 팔기로 결심했다면 그는 달리 살아갈 수 있는 계책이 없는 것 아닌가? 우리들이 그를 밀어낸다면 그는 갈데가 없지. 그러니 우리라도 그를 받아줘야 하지 않는가? 원래 장사하던 사람들이 조금씩 영역을 좁혀 그가 장사할 수 있는 공간을 만들어 주고 장사 요령도 알려 준다네."
 친구의 대답은 너무 감동적이었습니다. 나는 친구의 말을 듣고 마음속으로 부끄럽기도 하고 눈물이 났습니다.
 교직에 있는 나는 제자들에게 조금씩 양보하여 다른 친구와 함께 살아야 한다고 가르치지 못했습니다. 우리들은 경쟁시대에 살고 있으니 친구를 이겨야 한다고 가르쳤지요. 친구들을 이기기 위하여 더 열심히 공부해야 한다고 말해왔습니다. 누가 친구를 이겼는지 평가했고, 결과를 말해 주었습니다. 친구들을 이기면 상도 주었습니다. 상을 받은 제자는 늘 우쭐댔지요. 그의 부모님도요. 그런데 학교 교육을 별로 받지 못한 친구가 낯선 이방인에게 베푸는 보살핌을 보고 이제야 무엇이 올바른 교육인지를 깨달았습니다. 그래서 주변의 동료들에게 자랑스러운 나의 친구 이야기를 들려주었습니다. 그들도 깨달음을 얻기를 바라면서.
 함께 삽시다.

텃밭

　나는 농사꾼의 자식으로 태어나 날마다 눈만 뜨면 논과 밭에서 일하시는 부모님을 보며 자랐다. 시간 나는 대로 부모님을 도와 밭의 김을 매거나 마늘을 심고 캐는 일을 하였다. 성인이 되어 교직에 몸담고 있을 때도 나이 드신 부모님께서는 여전히 농사일을 하시고 계셨기 때문에 농사일을 돕곤 하였다. 이제는 농사짓던 부모님께서 돌아가셔서 농사일에서 해방되었다.

　우연한 기회에 내가 조그만 텃밭을 가지게 되었다. 아무 작물도 심지 않고 밭을 내버려 두었더니 잡초가 무성했다. 지나가는 사람들이 욕할 것 같고 마음도 편치 않아 상추와 호박이나 심고 친환경 채소나 뜯어 먹어야겠다고 텃밭을 가꾸게 되었다. 그런데 옆밭의 할아버지 할머니들이 얼마나 알뜰하게 밭을 가꾸는지 해가 갈수록 그분들의 작물재배법을 보고 배우며 여러 작물을 경작하게 되었다.

　올해 내가 기른 작물만 해도 완두콩, 강낭콩, 옥수수, 머위, 부추, 고추, 가지, 토마토, 오이, 호박, 고구마, 들깨, 서리태, 상추, 열무, 쪽파, 대파, 돼지 파, 양파, 당근, 시금치, 비트, 개똥

쑥, 취나물 등이다. 밭이 넓지 않으니 기계영농을 할 수도 없었다. 물을 양껏 줄 여건도 못되어 아주 원시적으로 하늘만 쳐다보며 괭이와 호미만 가지고 농사일을 하려니 큰 밭을 경작하는 농사꾼처럼 힘이 많이 든다. 상품으로 팔려고 농사짓는 게 아니고 식구끼리 나누어 먹으려고 하니 제초제를 사용하지 않아서 수시로 밭을 매야 한다. 또한 농약을 주지 않고 농사를 지으려다 보니 많은 고생에도 망치기 일쑤다.

처음엔 재미삼아 취미로 시작한 일이 주변 분들이 자꾸 농사법을 훈수하는 바람에 이것저것 재배하다 보니 어렵게 일하게 되고, 작물 값을 돈으로 환산해 보니 쓸데없는 짓을 하는 것 같아 이젠 그만두어야겠다고 생각했다. 그런데 논과 밭에 의지하여 자식을 먹여 살리고 교육시키느라 평생을 땀 흘리신 부모님 모습이 떠올랐다. 그러자 겨우 이 정도의 어려움에 짜증을 내는 내 모습이 부끄럽고, 부모님께도 죄송하여 올해도 이런저런 작물을 심고 여전히 농사꾼처럼 일하게 되었다.

나는 텃밭에서 부모님의 흔적을 그려본다. 텃밭에서 자연이 가르쳐주는 근면과 게으름이 가져다주는 결과를 체험한다. 텃밭에서 자연의 섭리를 배운다. 특별히 할 일이 없어도 새벽에 일어나면 텃밭을 둘러보는 것이 어느덧 나의 일상이 되었다.

뜬 모와 뒷맛

　요즈음은 벼농사도 기계화되어 모심기부터 타작까지 거의 기계를 사용하지만 우리 부모님이 농사를 지으실 때만 해도 기계의 사용은 아직 초보적인 단계였다. 사람이 직접 모를 심고 벼를 베어 타작을 하던 시절 사람을 사거나 품앗이를 하여 모를 심고 나면, 모가 제대로 심어지지 않고 물 위에 떠다니는 경우가 있었다. 그러면 그 모는 뿌리를 잡지 못하고 그만큼 생산량이 줄어들게 되므로 논의 주인은 일일이 뜬 모나 비어있는 자리를 찾아 모를 다시 심었다. 이것이 뜬 모다.

　타작을 할 경우 벼 이삭이 탈곡 되지 않고 덤불에 섞일 수 있으므로 타작을 한 후에 덤불을 다시 바람에 날려 벼 나락을 다시 거두는 일을 뒷맛이라고 한다. 요즈음 뒷맛이라고 하면 음식을 먹고 난 후의 맛의 느낌을 의미하고 벼 타작 후 흘린 벼 나락을 거두기 위한 작업이란 말 자체가 없어진 듯 쓰이지 않고 있다.

　하루 종일 그렇게 한 작업의 결과 얻는 수확이 얼마가 되겠는가? 하나 이런 모습이 우리 아버지께서 우리를 키우시느라고 조금이라도 더 수확을 얻으려고 하시던 일상이었다.

　우리는 지금 농사를 짓지 않아도 우리 선대들이 벼 모를 심은
후, 빈 곳을 찾아 다시 모를 심어주는 철저함과 1차로 타작을 한
후 덤불 속으로 섞여나간 벼 나락을 찾기 위한 철저한 노력만큼은
본받고 살아야겠다. 타작 후 다시 거둬들이는 수확이 그 양이 아
주 조금이라도 얼마나 맛이 좋으면 뒷맛이라고 했겠는가? 이 작
업까지 완수해야 뒷맛이 개운한 것이다. 무릇 우리가 하는 일에
있어서 어떤 경우라도 뒷맛이 깨끗하게 하자.

根力, 知力, 死力

1905년 대한제국은 乙巳勒約에 의해 외교권이 박탈되고 나라 전체가 일본 제국주의에 병합되기 직전에 있었습니다. 우리는 이른바 신문명을 받아들이지 못하여 서구 열강이나 일본에 비하여 국력이 아주 약했고 당시의 지배계층도 대부분 전통적인 유학에만 전념하였고 일반 서민들은 어떠한 형태로든 학문을 할 수 있는 처지가 아니었습니다.

전국의 많은 선각자들은 이때 외세에 의해 나라가 멸망할 위기에 처했는데도 국력이 약하고 배움이 미천하여 나라를 지킬 힘이 없음을 깨달았습니다. 특히 광천 지역은 향교와 같은 교육시설도 없는 교육 빈하지역이라 할 수 있었습니다. 이러한 시기인 1908년에 逸農 서승태 선생께서 자신의 집에 사립 덕명학교를 세워 학생을 모아 가르쳤습니다. 서승태 선생께서는 원래 한학을 한 지식인으로서 홍주 향교를 이끌어오셨습니다. 덕명학교를 열 당시에도 홍성지역의 선각자에게 사립학교를 열어 학생들을 가르치도록 영향을 주었음이 틀림없다고 추정됩니다.

서승태 선생께서 하신 많은 일과 모든 행적이 다 가치 있고 존경할 만한 것이지만 나는 그중에 특히 학생들에게 길이길이 전하고 싶은 것이 있습니다. 선생께서는 덕명학교 제자들에게 根力, 知力, 死力을 다하라고 가르치셨습니다. 이것을 뭐라 쉬운 말로 바꿀 수 있을까요?

부지런 하라(엄마 젖 먹던 힘까지 다하라), 열심히 배워라(아는 것이 힘이다), 최선을(죽을 힘을) 다하라 등으로 받아들일 수 있겠지요. 짧은 기간에 학생들이 세상에 대하여 깨닫고 있는 힘을 다하여 배우고 터득하길 바라는 마음이 간절하여 이런 교훈을 주고 가르쳤을 듯합니다. 제자들이 나라를 바로 세우는 일에 앞장서게 하고 싶으셨던 것입니다.

세상은 항상 날로 변합니다. 때로는 천천히, 때로는 급격히 변하지요. 한순간도 변하지 않는 시절은 없습니다. 변화는 늘 일정한 속도로 일어나는지 모릅니다. 다만 우리가 변화를 많이 느낄 때가 있고 느끼지 못할 때가 있겠지요. 우리가 늘 변화하는 세상에 능동적이고 적극적으로 대응하지 못하면 개인이건 민족이건 위기는 바로 옆에 있다가 나타납니다. 그러니 늘 서승태 선생께서 가장 어렵고 힘든 시기에 우리에게 준 교훈인 根力, 知力, 死力을 명심하고 대응한다면 우리는 능히 어려움을 극복하고 앞으로 나아갈 수 있을 것입니다.

우리 동네에 있는 비석은
무엇을 말하고 있는가?

홍주목사 이승우 불망비

    우리 동네 한가운데는 비석이 하나 있습니다. 흐릿하게나마 한자로 비문이 새겨져 있습니다. 내가 다니던 초등학교 정문 옆에도 비석이 서 있습니다. 그러나 나는 그 비석이 왜 거기에 있는지 모르고 자랐습니다. 홍성 시내의 공원에서 산보를 하다 보면 비석이 몇 개 있습니다. 그 비석들이 왜 거기 있는지 모릅니다. 조상의 산소에 가서 성묘를 할 때도 나는 비석을 자주 봅니다. 그런데 나는 유식하지 못하여 한자로 쓰인 비문을 읽을 수 없고 그 비석들이 왜 거기 있는지 모릅니다. 그저 비석이 여기저기 있을 따름입니다. 아둔한 나는 덩치가 큰 비석은 훌륭한 분의 업적을 기리는 것이고 자그마한 비석은 그저 표지석에 불과한 것이라고 믿고 있을 따름이지요.

나에게 비석을 읽을 수 있는 친구가 생겼습니다. 나는 그 친구에게 부탁하여 비석의 비문을 읽어보았습니다. 비문의 의미를 알았을 때 너무 감격스럽고 이제까지 가벼이 여긴 점에 대하여 죄송스러웠습니다. 그 후 그 비문의 내용을 여기저기 사람들을 만날 때마다 이야기해 주었습니다. 그들도 나처럼 놀라더군요. 그래서 비문을 읽을 줄 아는 사람에 부탁하여 여기저기 있는 비석의 비문에 대하여 설명서를 만들어 많은 사람들에게 그 의미를 알도록 했으면 좋겠다는 생각을 하였습니다.

이제는 읽을 수 있는 사람이 거의 없는데 향교나 사찰 등에 있는 현판 등도 한자어로만 되어 있어서 큰 감흥을 주지 못하고 있으니 안타깝습니다. 쉬운 우리말로 초등학생도 알아볼 수 있도록 공원 안의 비석이라도 해석문을 곁에 두었으면 합니다.

무밥과 절미

  어릴 땐 몰랐는데 한참 커서 뒤돌아보았을 때, 우리 집은 너무 가난하였다. 어머니께서는 밥을 지을 때마다 쌀과 보리 등의 식량을 식구들이 먹을 수 있을 만큼 광에서 가지고 나와 부엌에서 다시 한 공기 덜어내어 항아리에 넣곤 했는데 이것이 절미다. 쌀이나 보리 중에 일부를 다시 절약하자고 거국적으로 운동하던 시대가 있었다. 나라 전체가 얼마나 가난하면 먹을 식량까지 아껴야 했겠는가? 더구나 먹을 거라곤 끼니때 먹던 밥 한 사발이 전부이던 시대 아니던가?

  어머니는 가끔 무밥을 해서 드셨다. 밥을 할 때 무를 썰어 넣고 같이 익히는 것이었다. 우리한테는 곡식밥을 주고 어머니 자신은 무밥을 드셨다. 우리보고는 그것이 더 맛있고 소화도 잘된다고 하시면서. 나는 한참 자라서야 어머니께서 곡식을 아끼시느라고 밥에 무를 넣어 드셨다는 걸 알게 되었다. 자식을 일곱 두신 어머니는 항상 뱃속에 아이가 있거나 모유를 하셨는데 자식에게는 곡식밥을 주고 당신은 무밥을 드셨던 것이다. 우리 부모님이 이렇게 희생하면서 이만큼이나마 나라의 기틀을 잡아주셔서 우리 후손들이 선진국에 못지않게 잘 살 수 있게 하였다. 이렇게 생각하니 미안함과 감사의 눈물을 흘릴 수밖에 없다.

아이들아. 그렇게 되길 원하진 않지만 나라가 다시 가난해지고 너희들이 살아가기 힘든 세상이 온다 하더라도 할머니, 할아버지께서 하셨듯이 절미를 하고 무밥을 먹으면서 다시 꿋꿋하게 일어서거라.

Garage sale

미국여행 중에 있었던 일이다. 미국의 어느 친구 집에 민박을
하고 있었다. 나는 주말에 미국의 여기저기를 그의 가족과 함께
여행을 다녔다.

어느 토요일이었다. 그는 나를 내륙지역으로 데리고 갔다. 미
국이 넓은 지역이다 보니 두 시간이나 차를 타고 이동했다. 가는
내내 눈에 보이는 곳이라고는 사료농사를 짓는 농촌 지역이었고
간간이 마을이 보였고 초라한 가게들도 있었다. 모처럼 여행하는
데 왜 이런 곳에 데리고 올까. 얼마나 더 가야 쉬기 좋거나 볼거
리가 많은 곳에 가게 될까 생각하고 있는데 그가 갑자기 Garage
sale이라는 팻말을 보고 멈추었다.

"미스터 킴, 우리 저 창고에 들렀다 갈까요? 저기서 Garage sale
을 한답니다. 물건을 싸게 살 수 있어요."

나는 동의하였다. 이런 시골에서 창고 세일을 한다면 무척 싼
값에 팔고 있을 테고 나도 뭐 하나 살 수 있을지도 모른다는 생각
을 했다. 창고에 들어갔을 때 내가 목격한 것은 팔다 안 팔려서
시골창고까지 밀려온 새 상품이 아니고 그 곳에서 농사짓는 노부

부가 쓰던 농사도구이거나 살림도구 혹은 자신들이 입었던 옷가지들 등 우리에게는 거의 버려야 할 고물들이었다. 그 물건들이 창고 안에 진열되어 있었고 50센트, 1불, 5불 등 아주 싼 값이 매겨져 있었다.

그 노부부는 자기가 여기서 평생 살면서 있었던 이야기며 진열된 물건에 얽힌 이야기를 들려주었다. 그는 돈을 벌기 위하여 이 물건들을 파는 것이 아니었다. 자신이 인생을 정리하면서 자기가 쓰던 물건을 누군가 계속 이용하였으면 했고 이런 한적한 시골에서 이렇게 사람을 만나 옛날 자신이 겪었던 이야기를 들려줄 수 있으니 참 좋다고 하였다. 나를 안내했던 친구는 1불에 그 농부가 입던 와이셔츠를 사고는 흡족해 했다.

창고에서 나와 다른 곳으로 이동하면서 그는 나에게 이런 말을 하였다.

"미스터 킴, 오늘 나는 미스터 킴에게 미국에도 이렇게 열악한 지역에서 가난하게 살아가는 사람들이 있다는 걸 보여주고 싶었어요. 우리가 외국을 가면 보통 경치가 아름다운 관광지나 번화한 도시, 잘사는 동네를 보게 되는데 나는 오늘 여행을 통하여 미스터 킴이 미국의 다양한 사회에 대하여 알 수 있도록 하고 싶었어요."

이 친구 덕택에 나는 여행에 대한 나의 잘못된 시각을 바로 잡을 수 있었다. 내게 많은 반성을 하게 한 뜻깊은 여행이었다.

안내의 어려움

증명사진 여행과
Mr. Littlefield의 백제 공부

    1970년대 초 대학생이었던 나는 비행기를 타고 제주도에 가서 여행하고 싶었다. 중학교 때 지리 선생님께서 제주도의 이국적인 경치와 육지와 다른 말투, 각종 풍습에 대하여 말씀하셨는데 그 것이 매우 인상적이었기 때문이다. 그런데 1970년대 초만 하더라도 보통 서민이 비행기를 타고 여행을 간다는 것은 쉬운 일이 아니었다. 경제력이 향상됨에 따라 1980년대 들어 제주도 여행 정도는 떠날 수 있게 되었다.

    1990년도 들어 나는 중국을 여행하였다. 처음으로 떠나는 해외 여행이라 이미 외국여행 경험이 있는 분들로부터 여행 준비에 대한 자문을 받았는데 그들이 내게 말해준 것은 그 지역의 음식과 기후, 놀기 좋은 곳, 준비해갈 밑반찬 등에 관한 것이었다.

    여행하며 가는 곳마다 단체 사진이며 개인 사진 등 사진을 많이 찍었다. 준비해간 필름이 부족하여 현지에서 비싼 필름을 사야만 했다. 귀국하여 현상을 했을 땐 사진마다 중심에 사람들로 차있어서 도대체 어디서 찍은 것인지 알 수 없었다.

    1994년 나는 미국 오리건 주의 자매대학을 방문하였다. 그때 그 대학교육위원으로 자매대학 체결 시 우리 학교에 며칠간 방문했던 변호사 Mr. Littlefield를 만났고 그 집에 며칠간 체류하게 되었다. 우리는 저녁 식사 후 외국 여행에 대하여 대화를 하게 되었다. 놀랍게도 그분은 백제의 역사에 대하여 얘기를 꺼내는 것이었다. 더욱 놀라운 점은 그분이 나보다 백제를 더 많이 알고 있었다는 점이다. 나는 그가 어떻게 백제의 역사에 대하여 그리 많은 것을 아는지 물었다.

그의 대답은 이랬다. 자기가 혜전대학을 방문했을 때, 그 대학이 위치한 지역의 역사와 지리 등을 공부하였다는 것이다. 자기가 구할 수 있는 서적과 자료를 구해 공부해서 백제의 역사에 대하여 다소 알 수 있었다고 했다. 그리고는 자기가 공부했다는 백제를 소개하는 책을 보여주었다.

Mr. Littlefield 가족과 미국의 어느 시골지역 박물관 앞에서

안내의 어려움

그의 말을 듣고 무작정 미국에 온 것이 부끄러웠다. 나는 예전과 마찬가지로 사진이나 많이 찍을까 하여 필름만 많이 사 온 것이다. 흔히 사람들은 우리가 하는 여행을 증명사진 여행이라고 한다. 여기저기 사진이나 찍고 온다는 뜻일 게다. 3일간의 짧은 여행을 위하여 여행 지역의 역사를 공부했다는 Mr. Littlefield의 사례는 나에게 많은 교훈을 주었다.

Parker를 한국에서 안내할 때 있었던 일도 나를 많이 무안하게 했다. 그녀가 홍성에 있을 때, 나는 그녀를 홍성 인근에 있는 수덕사에 안내하였다. 그녀는 여기저기 사진을 찍었다. 그때 그녀를 도와주고 싶어서 내가 사진을 찍어 줄 테니 좋은 위치에 가서 자세를 취하라고 제안하였다. 그녀는 정중히 사양하였다. 그녀는 지금 우리 옛 건물의 단청에 매료되어 있었다. 그녀는 건물을 배경삼아 자신의 모습을 담지 않았다.

그 뒤로 나도 여행 갈 때면, 외국여행이든 국내여행이든 가고자 하는 여행지의 역사와 지리, 그 밖의 여러 잡다한 것 등에 대하여 조금이라도 공부하고 가게 되었다. 그런 후로 나는 더 많은 것들을 볼 수 있었고 한 여행지에 머무는 시간이 너무 짧다는 생각을 하게 되었다. 이제 우리 모두 증명사진여행에서 벗어날 때가 되었다.

풀무

꽤 오래전의 일이다. 홍동에 사시는 어느 아주머니로부터 '풀무' 정신에 관해서 듣게 되었다. '풀무'라는 용어가 생소하게 들렸고 국어사전에 나옴직한 우리의 고어쯤으로 지레짐작하고 아주머니께 그 용어가 무엇을 뜻하는지 물었다. "풀무가 무엇인지 모르세요?"아주머니는 내가 '풀무'라는 용어의 뜻을 모르는 것이 뜻밖이라는 듯 반문하였다. 나는 아주머니로부터 풀무는 대장간에서 불을 피울 때 바람을 일으키는 기구라는 설명을 들었다. 그 말을 듣고서야 나는 풀무가 비교적 최근까지 우리 집에서도 사용하던 기구를 가리키는 것임을 알게 되었다. 우리 집은 우리나라 대부분의 서민이 살았던 것처럼 초가지붕에 부엌과 아궁이, 온돌방을 가진 집이었다. 당시에는 기름 난방은 고사하고 연탄 난방도 좀 여유가 있는 가정에서나 할 수 있었고 대부분의 가정에서는 아궁이에 나무를 피워 난방을 하고 밥도 끓여먹었다. 땔나무는 항상 부족 하였고 쌀 방아를 찧으면 생기는 왕겨를 연료로 사용하는 집이 많았다. 우리 집도 그랬다. 왕겨는 바람을 불어 넣어야만 연료로 쓸 수가 있었다. 그때 바람을 일으키기 위해 쓰던 도구가 풀

안내의 어려움

무였다. 나는 밥을 지을 때면 으레 부엌에 들어가 풀무를 돌리며 왕겨를 땠다. 그렇게 어머니가 밥 짓는 것을 돕곤 하였는데 그때 사용하던 풀무의 이름을 불과 몇 년 사이에 까맣게 잊어버린 것이다. 아주머니로 부터 다시 듣게 되자, 풀무라는 말은 옛날 쓰던 골동품 같은 이미지로서가 아니라 참으로 신선한 의미로 다가왔다. 스스로 불을 피울 수 없을 때 다른 연료로 하여금 불꽃이 활활 타오르게 바람을 일으키는 도구, 톱밥이나 왕겨같이 값어치가 나가지 않는 연료를 활활 타오르도록 하는 게 풀무다.

나를 가르쳐 주신 은사님 중에 한 분은 칠판에 글씨 쓰시는 게 아주 서투르셨다. 서체도 그랬거니와 줄이 반듯하지 않고 오르락내리락하여 우리는 선생님께,

'악보 드릴까요?' 하고 놀리곤 했다. 선생님께서 너털웃음을 지으며 우리에게 항상 같은 말씀을 하시곤 하셨다. '나는 너희들보고 나를 닮은 사람이 되라고 가르치는 것이 아니라 나보다 훌륭한 사람이 되라고 가르치는 것이다.' 우리는 선생님께서 하신 말씀의 뜻을 알고 있었지만 그 말씀은 판서가 시작되고 웃음이 터질 때마다 하시던 말씀이어서 선생님의 이 말씀은 또 다른 웃음을 자아내게 했다. 내가 교직의 길로 들어서고 많은 세월이 지난 지금 선생님께서 멋쩍어하시며 하시던 말씀이 풀무와 같은 의미로 나에게 다가왔다. 그 말씀은 교직생활을 하며 제자 앞에서 마음속으로 수없이 되뇌었고 앞으로도 잊지 않으려고 떠올릴 때가 많다.

나는 스스로 빛나려 하지 않고 내가 만난 제자들이 빛을 발할 수 있도록 바람을 넣어주는, 풀무 돌리는 사람이 되도록 힘쓸 것이다. 보다 많은 사람이 함께 풀무를 돌린다면 불꽃은 더 크게 피어오르고 세상은 그만큼 밝아질 것이다.

두레와 품앗이
그리고 성과연봉제

　기업들이나 많은 경제주체들이 성과연봉제를 시행하거나 도입하고 있습니다. 개인적으로 나는 좀 섭섭한 면이 있습니다. 왜냐하면 내가 한참 젊은 패기로 일을 할 때는 후일 나이가 들면 호봉이 높아지니 그때를 생각하여 적은 수당이라도 받아들이며 지냈는데 이제 나이가 들어 높은 호봉에 많은 수당을 기대하니 성과연봉제를 도입한다고 합니다. 젊은 시절 낮은 호봉과 적은 수당을 감내한 것을 돌아보면 손해났다는 기분이 듭니다. 그러나 고용주의 입장에서 보면 성과연봉제의 도입은 이해할 만하지요.

　그런 어느 날 성과가 좋아 연봉이 높은 동료 한 분이 내게 자기는 성과연봉제가 맘에 안 든다고 말해서 뜻밖이었습니다. 그래서 이유를 물었지요. 그는 한 직장에서 능력이 좀 나은 사람이 모자란 사람을 안고 가야지 않느냐? 뛰어난 사람, 모자란 사람을 가려 연봉을 차별한다는 것이 인간적이지도 않고 동료 간에 화합에도 방해가 된다는 것이었습니다. 이 이야기를 나누며 나는 50년 전쯤 우리 동네에서 있었던 일을 떠올릴 수 있었습니다.

　내가 어릴 때 우리 집은 10리도 넘게 떨어진 곳에 있는 낡은 초

185

가집을 샀습니다. 그 집에 쓰인 건축 재료를 우리 집으로 운반해 와 아래채를 지었습니다. 그런데 그 무거운 건축 재료를 동네 아저씨들이 달빛이 밝은 날 밤에 지게를 지고 운반해 주었습니다. 밤에 운반한 이유는 그분들이 모두 낮에는 각자 자기 일을 해야 했기 때문이지요. 차가 없던 때는 아니었으나 도로가 없었고 도로가 있다 하더라도 차로 운반하기에는 비용이 만만치 않았을 테지요.

　어떤 집에 큰일이 있을 때는 마을 분들은 아무런 품삯을 받지 않고 공동으로 일을 도와주었습니다. 누군가 새로 지은 집 지붕에 흙을 올려야 할 때도 동네사람들은 모두 몰려와 일을 돕곤 했습니다. 자연부락마다 이런 두레 활동이 많았지요. 물론 풍수나 재난으로 어느 집이 곤경에 처할 때도 공동으로 구조 활동을 하였습니다. 혼례를 올리거나 장례를 치를 때도 마찬가지였습니다.

　우리 집은 그 덕분에 사랑채가 생겼습니다. 아버지께서 공장에 다니시느라 객지에 계셨으므로 어려운 집안 형편에도 농사일을 도와주는 일꾼을 두었습니다. 일꾼이 있었지만 모내기나 논매기, 벼 베기 등 농사철이 되면 밤마다 동네 분들이 우리 집 사랑방에 와서 품앗이 순서를 짰습니다. 품앗이에는 노인이나 젊은이 모두 참여했습니다. 일을 잘하는 사람, 잘 못 하는 사람을 차별하지 않고 모두 1:1로 대접했습니다. 힘이 부족한 사람이 끼었다고 짜증을 부리거나 불평을 하는 사람도 없었습니다. 오히려 힘을 모아 약한 노인이나 병약자를 도와야 한다고 생각했지요.

　물론 능력을 구별하지 않고 차별하지 않던 시대는 50년 이전 농경문화 시절입니다. 지금은 산업화시대를 지나 지식정보화 라는 4차 산업혁명이 진행 중인 시대 아닙니까? 1차 산업시대를 살았던 경험을 가진 우리가 새로운 시대를 살기 위해 적응하면서 예전의 향수를 그리워하는 것이 사치일까요?

좀 모자란 친구를 함께 안고 갔으면 하는 내 동료의 너그러움이 사회를 부드럽게 할 것입니다. 낙오되는 자, 도태되는 자를 이탈시키지 말고 함께 갈 수는 없는 걸까요? 그들이 모두 소중한 이웃들인데. 성과를 덜 내는 친구들을 차별하지 않고 같은 사람으로 여기던 우리네 어른들의 품앗이를 우리 직장에도 도입하면 어떨까요?

이런 말도
기억하자!

"밤새 안녕히 주무셨어요?"

"그간 별고 없으셨어요?"

"진지 잡수셨어요?"

"밥 먹었느냐?"

"새가 운다. 문풍지가 운다."

인사말이거나 표현입니다. 밤사이 어려운 일이 얼마나 자주 일어났으면 혹은 짧은 기간이라도 얼마나 어렵고 힘든 일들을 겪고 살았으면 이런 인사말이 고착화되었을까요? 국가적으로 침략을 받거나 사회적으로 질서가 무너져 불안한 때가 많았고, 가난하여 먹을 것이 없는 사람이 많아 생긴 인사말입니다. 영어 인사말은, 아침에 만나면 "Good morning.", 오후에 만나면 "Good afternoon.", 저녁에 만나면 "Good evening."입니다.

한편 우리는 얼마나 슬픈 민족이었던지, 오죽하면 문풍지가 운다고 하고 새가 운다고 하였을까요? 영어는 "Birds sing."이라고 하지 않습니까? 먼 옛날은 잘 모르지만 우리 아버지, 할아버지는 힘들고 배고프고 슬프게 살아왔다는 사실을 알 수 있습니다. 인사말로 고착화될 정도로요.

다행히 우리 세대의 노력으로 현재는 인사말이나 표현에서 그런 어렵고 배고프고 힘든 표현들은 사라진 듯합니다. 나는 근래 "진지 잡수셨습니까?", "그간 별고 없으셨습니까?"라는 인사말을 들어본 적이 없습니다. 살 만한 세상이 된 거지요.

가끔씩 어려움을 느끼더라도 그나마 지금은 다행이라고 생각하며 용기를 잃지 말자고요.

절

　우리는 예를 표할 때 절을 하였습니다. 혼례를 치르거나 장례를 치를 때는 큰 절을 몇 배씩 하였습니다. 설날 어른께 세배를 할 때는 물론이고 부모님과 형제들이 잠시라도 헤어질 때나 다시 만날 때도 절을 하였습니다. 굿을 하거나 정월 대보름에 큰 나무나 바위나 큰길에서 소원을 빌 때도 절을 하였습니다. 가장 오래전에 민족 종교가 된 불교사찰에서 기도하거나 소원을 빌 때도 우리는 절을 하였습니다. 사찰을 절이라 하고 절간에 간다고도 했습니다. 절하는 장소에 간다는 뜻입니다.

　절하는 모습을 그려볼까요. 서로 부딪쳐 싸울 일은 없을 것 같

　　　　　　　　　　　　　　　　　　　안내의 어려움

지 않습니까? 자신의 머리를 최대한 숙여 자세를 낮추는 것이 절의 기본태도입니다.

언젠가부터 가정에서도 설날에 절하는 모습은 없어지고 세뱃돈만 이리저리 주고받는 모습이 보이더니 제자라도 고개를 들고 스승에게 목례나 하면 다행이고 심지어 오랜만에 만나는 자녀들에게서도 절하는 예의를 갖추는 모습을 보기 어렵게 되었습니다. 장례식장에서 절하는 모습이 보이기는 하나, 절의 뜻이나 알고 하는지 모르겠습니다. 절하던 인사법이 사라지더라도 자신을 최대한 낮추어 상대를 높이고자 했던 우리 조상들의 정신만은 계승하였으면 합니다.

더불어

사람은 사회적 동물입니다. 그래서 혼자 있으면 고독하고 살맛도 안 나고 사람을 만나 수다를 떨고 싶어 합니다. 사람만 그런 특성을 지닌 것은 아닐 듯합니다. 대부분의 동물들이 함께 떼를 지어 살고 심지어 식물들조차 군락을 이루어 삽니다.

겉으로 보기에 많은 사람들과 함께 있는 것 같지만 혼자 있다고 느낄 때가 많습니다. 학교나 군대 같은 집단에서 여러 사람이 한 사람을 고립시켜 왕따를 시켜서 그로 하여금 자살에 이르게 한 사건도 있었습니다.

사회가 발전하고 사람들의 인권이 신장된 지금, 옛날에는 보지도 듣지도 못한 각종 통신매체가 발달한 지금, 우리는 왜 옛날보다 더 심한 고립감을 느끼며 살아야 할까요? 스마트폰이 출현하고 SNS교류가 많아지면서 한번 보지도 못한 사람과 생각을 나누고 자신의 소식을 전하게 되었습니다. 그런데도 왜 사람들은 여전히 혼자인 것처럼 느낄까요?

우리는 점점 이웃과 함께 지내지 않고 허구의 세상에서 살게 되었기 때문입니다. 이제라도 몸과 마음이 함께 부딪치며 옆에서

숨 쉬고 있는 이웃과 더불어 살자구요. 그러기 위해 마을과 학교에서 힘 있는 사람이 힘없는 사람과 섞여 살고, 배부른 사람이 배고픈 사람과 나누며, 높은 위치에 있는 사람들이 낮은 곳에서 사는 사람에게 무슨 일은 없는지 살펴봅시다. 끼리끼리 자기들만의 성 안에 갇혀 살지 말고 광장으로 나와 이웃과 함께 어울리며 삽시다. 그것이 인간다운 모습 아닐까요?

다름과
틀림

　고등학교 미술시간에 정물화 그리기를 하였다. 나는 운동화를 그린 후 연초록색을 칠했다. 선생님께서 내 그림을 보시더니 고개를 갸우뚱하시면서 "너는 연초록색을 좋아하는구나?" 하고 말씀하셨다. 당시 운동화 색깔은 남녀를 불문하고 흰색이거나 검은색이었다. 선생님은 내가 색을 잘못 칠했다고 말씀하시는 것 같았다. 사실 나는 연초록을 좋아하는지 생각한 적이 없었다. 어쩌다 그 색을 칠했을 뿐이었다. 다행히 선생님은 내 그림을 보고 틀렸다고 말씀하시지는 않았다. 당시는 흑백 TV를 보던 시절이었으므로 TV를 그리라 했으면 대부분 검고 희게 그렸다. 만일 컬러TV를 그렸다면 틀렸다고 했을지 모른다. 그 당시 연초록 운동화나 컬러TV를 그렸다면 참으로 개성 있고 독창적이고 창의력이 있는 그림임에 틀림이 없지 않은가?

　우리는 학창시절에 OX문제나 4지 선다형 문제를 풀면서 자랐다. 모든 문제는 맞거나 틀렸다고 생각했다. 참고서의 문제나 선생님이 주시는 모든 문제는 정답이 정해져 있었다. 부모님께서도 맞는지 틀린지를 가려주셨다. 그래서 우리는 매사를 맞거나 틀렸

안내의 어려움

다고 생각하며, 자신의 생각은 맞고 다른 사람은 틀렸다고 우긴다. 21세기 창의력이 요구되는 시대에 접어들면서 사람들은 사물이나 이치에 대하여 맞고 틀림이나 흑백논리로 판단하는 것이 잘못이라고 말하기 시작했다. 너의 의견은 틀린 게 아니고 내 의견과 다를 뿐이다. 어느 것도 틀린 것은 없고 단지 다를 뿐이다. 다름은 독창적이고 다르게 생각하는 것은 창의력이 있는 것이다. 맞는 말이다.

나는 상급자와 어떤 문제에 대하여 논의하는 과정에서 생각이 달라 심하게 갈등을 겪은 적이 있었다. 그분은 내 생각을 받아들이지 않았고, 나도 그분의 말씀을 이해할 수 없었다. 며칠 후 그분은 내게 말씀을 하셨다.

"세상엔 틀린 것은 없네. 단지 다름이 있을 뿐이지. 자네는 내 생각을 틀렸다고 하겠지만 단지 자네 생각과 다를 뿐일세. 그러니 나보고 자꾸 틀렸다고 하지 말고 자네 주장을 거두었으면 좋겠네."

맞는 말이다. 그런데 재미있는 것은 내 생각이 자기의 생각과 다름을 깨닫고 자신의 주장을 내려놓으면 더 좋았을 텐데. 아쉬움이 컸다. 대통령을 비롯한 정치 지도자나, 회사의 회장, 군대 대장, 학교의 교장, 가정의 가장, 심지어 조폭의 우두머리까지도 모든 상급자에게 말씀드리고 싶다. 당신 주위에 있는 누군가의 의견이 당신 의견과 다르다면 그들의 생각이 틀렸다고 생각하지 말고 당신과 다르다고 생각하길. 그리고 한 가지 더 주문하고 싶다. 그들의 의견이 다르기 때문에 당신 생각에 동조하는 사람의 생각보다 더 소중하다고 생각하시라고. 혹 그들의 생각이 틀렸다는 확신이 서더라도 절대 다른 의견을 내는 부하를 나무라지 말기를. 상사와 다른 생각을 이야기하는 것은 참으로 용기가 필요한 일이니 그 자체가 칭찬받아 마땅치 않은가?

의사소통

　지식 정보화 시대에 들어서면서 의사소통의 중요성이 점점 더 강조되고 있다. 인터넷의 발달이나 통신 매체의 발달도 의사소통의 가치를 높이는 중이다. 사람과의 접촉이 점점 국제화되면서 외국어 능력의 필요성도 점점 커지고 있다. 오늘날 통신기기가 하루가 다르게 발달하고 교육수준이 높은 시대에 사는 것만은 분명하다.

　그런데 사람들은 의사소통이 안 된다고 사방에서 아우성이다. 사람들은 대통령께 말한다. 국민과의 소통을 잘하시라고. 회사 사원들도 회장님은 소통을 안 하며 독선적이라고 주장한다. 대학의 교수들도, 교사들도 총장이나 교장을 의사소통을 안 하는 독선적인 사람이라고 불평한다. 인사권을 가진 사람들 대부분도 소통을 잘 못 한다는 비판을 받는다.

　재미있는 것은 대통령이나 회장이나 총장이나 교장이나 내가 만난 모든 인사권자나 우두머리들은 다른 사람은 몰라도 자기는 하급자의 이야기를 잘 듣는, 소통을 잘하는 사람이라고 주장한다는 점이다. 그들은 말한다. "할 말 있으면 해 보시오." 내가 어릴 때 아버지께서 그러셨다. 나를 한 참 혼내신 후 "어디 할 말 있으면 해봐.", "거봐, 할 말이 없지." 나는 늘 할 말이 없었다. 그런데 성인이 되어 직장에서도 상사는 내게 말했다. 할 말 있으면 해보게." 나는 대답한다. "말씀하신 대로 하겠습니다."

상사는 전 사원에 대한 훈시에서 소통의 중요성에 대하여 말씀하셨다. 생각이 상하 간은 물론이고 수평적으로도 물 흐르듯이 흘려야 한다고. 그리고 감사하게도 '소통을 잘하는 법', '소통의 중요성' 등을 다룬 책을 선물로도 사주셨다.

물 흐르듯이 소통하라. 이 말은 틀렸다. 물론 물은 반드시 위에서 아래로 흐른다. 그러나 위에서 아래로 생각이 흐르는 것을 나는 소통이라 생각지 않는다. 그것은 틀림없이 지시이거나 강요이다. 상사들은 늘 자기 생각만 이야기하고 소통은 이만하면 됐다고 여긴다. 그것을 굳이 소통이라 한다면 일방적 것에 불과하다고 나는 믿는다.

생각이 아래에서 위로 가는 것이 소통이다. 자식이 부모에게, 제자가 스승에게, 부하 직원이 상사에게, 사원이 사장에게, 국민이 대통령에게 생각이 흘러가야 한다. 이것이 소통이다. 우리는 정말로 소통을 잘하는 지도자를 갈구한다.

은퇴를
앞두고

　세월을 이기는 장사는 없다는 말이 실감나는 요즈음이다. 사람들은 말한다. 은퇴설계를 해야 한다고. 그래서 은퇴교육을 받기로 하였다. 강사는 말했다. 지금까지 가정을 이끌고 자녀들 뒷바라지 하시느라고 고생하셨다고. 그러니 지금부터는 자신의 인생을 돌보라고. 일은 그만 내려놓으시고 재미있게 노시라고. 자식에게 재산을 물려줄 필요 없다고. 지금까지 해 준 것만으로 충분하다고. 이제 얼마나 살겠는가라고. 옳다. 나는 할 만큼 했다. 이제부터는 그나마 조금 모은 재산을 나 자신의 몸과 마음을 챙기는 데 써야지 결심했다. 머릿속으로는 무엇을 하고 놀지 하는 생각을 하며 강의를 들었다.

　나보다 조금 일찍 은퇴한 친구들과 은퇴 후의 생활에 대하여 대화를 나눈 적이 있다. 나는 그들이 은퇴 후 무료한 시간을 답답해할 것이라고 생각했다. 그런데 그들은 너무 할 일이 많아 하루해가 짧다고 했다. 여기저기 무료로 참가할 수 있는 프로그램이 많고 시설도 많이 구비되었다는 것이다. 좋은 세상이다. 그런데 그 무료로 한다는 프로그램을 시행하려면 얼마나 많은 예산이 들까?

나라 예산은 늘 부족하다는데 은퇴자들의 위락을 위해 그 많은 돈을 써도 되는지 걱정도 되었다.

아버지는 농사꾼이어서 은퇴 없이 돌아가시는 전날까지 일하셨다. 할 만큼 하셨으니 이제부터 놀아야겠다고 생각하시지 않았다. 자식들이 성장하여 그들 모두 아버지보다 잘살고 여행도 잘 다니는데도 이것저것 농사를 지어 자식들에게 나누어주셨다.

"이제 그만 일을 놓으시고 아버지 몸이나 챙기시면서 어머니랑 여기저기 놀러나 다니시지요. 자식들도 살 만하고 아버지께서 힘들게 농사지어서 주시는 농산물도 값이 얼마 되지도 않아요."

나는 아버지께 늘 이렇게 말씀드리곤 하였다. 아버지께서는 아무 말씀도 없으셨고 돌아가시던 해까지 이런저런 작물을 추수하여 자식들에게 조금씩 나누어 주셨다.

집 근처에 조그만 텃밭이 있는데 나이가 많으신 어떤 할아버지 부부께서 같이 농사를 짓기를 원하셔서 현재 그렇게 하고 있다. 그 노부부는 아주 성실히 밭을 관리해 주셨다. 그러던 중 할머니께서 세상을 뜨셨다. 나는 할아버지께 이제 일을 놓으시고 자식들에게 의지하시라고 말씀드렸다. 그리고 자식들의 형편이 어떤지 물었다. 뜻밖의 대답이 돌아왔다. 나는 할아버지가 가난하여 남의 밭이라도 경작해야 하는 형편인 줄 알았는데 자신의 재산도 있고, 자식들도 모두 잘살고 있었다. 심지어는 자식들 모두 부모님을 모시려고 안달한다는 것이었다.

"나는 놀 줄을 모른다네. 일할 때가 제일 재미있고 행복하다네. 조그만 밭에서라도 이것저것 수확하여 자식들에게 나눠주는 재미가 나의 유일한 낙이지. 그러니 언제 죽을 지도 모를 노인네가 욕심 때문에 생고생한다고 흉보지 말게나."

아버지가 그러셨다. 큰아버지도 그러셨다. 그분들이라고 자기 인생이 얼마 남지 않았다는 사실을 모르고 욕심 때문에 일했겠는가? 나는 이제야 깨달았다. 그분들은 일의 가치를 알고 일해서 거둔 결실을 자식들에게 나누어 주면서 삶의 가치를 찾고 사는 즐거움을 느꼈다는 사실을. 그래서 나는 나이 드신 누구에게도 일 좀 그만하시고 인생을 즐기시라고 하지 않는다.

나는 일만 하다 죽어도 괜찮다. 세상의 모든 것을 다 구경하지 못하고 죽어도 괜찮다. 맛있는 것 이것저것 못 먹어 보고 죽어도 괜찮다. 재미있는 것 다 해보지 못하고 죽어도 괜찮다. 그 모든 것을 내가 왜 다해야 한단 말인가?

나는 그저 죽는 날까지 가족이나 국가나 나를 아는 사람들에게 살아 있음으로써 폐를 끼치지 않기만을 고대한다. 한 가지 바란다면 내 이웃이나 가족에게 조그맣게나마 가치 있는 일을 하다 죽을 수 있기를 소망한다. 그러니 거창한 은퇴설계는 필요 없다.

김종영 에세이

안내의
어려움

2. 나는 소중한 사람이다

나는 아이들이 맑고 밝게, 옳고 바르게, 용기와 희망을 갖고
자신을 소중히 생각하며 자라기를 바라며 그들과 이야기했다.
그런 마음으로 아이들과 나누던 이야기를 정리하였다.

나는 세상의
중심이다

　내가 세상에 태어나지 않았다면 세상은 존재하지 않는다. 세상과의 모든 관계는 내가 세상에 존재함으로써 생긴다. 그러니 내게 제일 소중한 사람은 나다. 자신을 사랑하고 자신의 귀함을 알아라. 절대로 자신을 업신여기지 마라. 자신을 함부로 대하지 마라. 나 자신이 스스로 귀하게 여기지 않는다면 누가 나를 귀히 대하겠는가? 앞으로 어떤 일이 닥쳐도 절대로 자신을 포기하거나 버리지 마라. 항상 나는 귀한 사람이라 여겨라. 나는 세상의 중심이다.

지금 나에게 제일 소중한 사람은 누구인가?

나에게 제일 소중한 사람은 부모 형제나 남편이나 아내 자식 등 가족이다. 아이에게는 엄마, 아빠일 것이다. 그 밖에 친구나 선생님이랄 수도 있다.

그런데 지금 여기서 내게 위급한 일이 생긴다면 나를 도와줄 수 있는 사람은 누구인가?

지금 여기서 나와 제일 가까이 있는 사람이다. 곁에 있는 사람과 좋은 관계를 유지하고 잘 지내라. 당신이 지금 위난에 처했을 때 아무리 가까운 가족이라고 해도 지금 그가 당신과 함께 있지 않다면 그가 당신을 위해 해 줄 수 있는 일은 없다. 지금 당신을 도울 수 있는 사람은 당신 곁에 있는 사람이다. 그러니 바로 곁에 있는 사람과 좋은 인간관계를 형성하고 그를 소중히 여겨라.

목표를 정하고
실천하라

    인생은 생각보다 길고 달성해야 할 목표는 많다. 모든 사람이 사회적으로나 경제적으로 성공하길 바란다. 그러나 세상은 모든 사람이 원하는 대로 되지는 않는다. 어떤 사람은 성공하고 어떤 사람은 실패한다. 수많은 사람 중에서 나는 내 제자가 성공한 인생을 살게 되기를 바란다. 성공한 사람이 되기 위하여 여러분이 대학에 입학했고 새 출발을 앞두고 있다. 나는 여러분한테 목표를 정하고 실천하라고 하고 싶다. 목표를 잘 세우고 실천하기 위해서 이 문제를 설명하는 책을 먼저 읽고 좋은 방법을 터득하고 활용하라.

메모를 하라

.

　혼자 여행을 하거나 잠이 오지 않아서 이런저런 생각을 하다가 문득 좋은 생각이 떠오르는 때가 있다. 어떤 때는 꿈을 꾸다가 놀라 잠에서 깨어났는데 아주 기발한 생각이어서 신기했던 적도 있다. 혹은 친구와 잡담을 나누다가도 불현듯 좋은 아이디어가 떠올라 스스로도 놀라는 경우도 있다. 텔레비전을 보거나 인터넷을 검색하다가도 나에게 유익할 것 같은 정보를 접하기도 한다. 좋은 생각, 새로운 정보, 가치 있는 아이디어 등이 여기저기 흘러넘치는 세상이다.

　우리 대부분은 순간순간 떠오르는 이런 유익한 생각이나 정보의 가치를 모르고 그냥 흘려버린다. 순간적으로 나에게 다가왔던 이런 생각들은 오래 머물지 않고 순식간에 지나가 버리기 일쑤이다.

　버리지 마라. 반드시 주워담아 모아 두어라. 그러기 위해 메모의 습관을 길러라. 항상 주머니 속에 수첩을 갖고 다녀라. 메모기능이 있는 스마트폰을 이용해도 좋다. 순간 떠오르는 생각을, 유익하다고 느껴지는 각종 정보들을 모두 기록해 두어라. 그렇지

않으면 그것들은 반드시 날아가 버린다. 그 메모를 일주일에 한 번, 한 달에 또 한 번 되돌아보아라. 아직도 유익하다고 생각되는 좋은 생각이나 정보는 또다시 기록해라.

21세기는 아이디어의 시대이다. 오늘날 성공하는 사람은 땅을 가졌거나 큰 공장을 가진 사람이 아니고 아이디어가 있는 사람이다. 누구든 아이디어가 있다. 좋은 아이디어를 그냥 버리는 사람이 있고 대수롭지 않은 아이디어를 잘 활용하는 사람이 있다. 어떤 인간이 되고 싶으냐? 주변에서 어떤 새로운 상품이나 제도가 나왔을 때, 자기가 오래전에 생각했던 것인데 하고 말하는 사람을 종종 본다. 내게 떠올랐던 좋은 생각을 기록하고 또 더 생각하여 내 것으로 만들지 않는다면 그것은 이미 내 것이 아니다.

좋은 것을 놓치지 않기 위하여 우선 메모하라.

안내의 어려움

공부란
무엇인가?

나는 학생들에게 묻는다. 지금 여기 강의실에 왜 와 있는가? 그들은 공부하러 왔다고 대답한다. 공부란 무엇인가? 공부가 무엇인지도 모르고 날마다 공부하러 학교에 오는가? 대학생이 되도록 공부가 무엇인지 모르지는 않는가? 어른들은 날마다 공부 열심히 해라. 공부해야 성공한다고 훈시를 한다. 공부가 무엇인지도 모르면서 어른들이 시키는 대로 날마다 공부한다고 학교로 내몰리고 있으니 얼마나 불쌍한 성장기를 보내고 있는가?

21세기는 지식정보화 사회이다. 정보는 지식이다. 우리가 일제의 식민지가 되었던 것도 새로운 지식과 정보에 대해 아둔했기 때문이다. 역설적이게도 나라를 빼앗긴 시기에 우리 민족의 선각자들은 새로운 지식습득의 중요성을 깨닫고 여기저기 학교를 세워 우리 민족의 독립을 가능하게 하였다. 이러한 각성의 결과 현재 우리는 세상에서 제일가는 교육열을 가진 민족으로 평가받고 있다. 전 세계에서 유례없는 대학진학률, 인구수에 비해 많은 해외 유학생들을 가진 나라가 되었다.

지금은 100년 전보다 정보의 유통이 빠르고 지식의 변화가 빠르

2. 나는 소중한 사람이다

다. 바짝 긴장하여 새로운 지식과 정보에 접근하지 않으면 안 되는 시대에 우리는 살고 있다. 강의를 들어서 얻는 지식과 정보는 21세기에는 이미 유용한 정보가 아니다. 21세기는 새로운 지식이 끊임없이 생산되고 유통되는 시대이다. 오늘날 인재는 새로운 지식을 생산할 수 있는 창의력을 갖춘 사람이어야 한다.

나는 요구한다. 뭔가 새로운 안을 내놔봐! 생각해봐! 하고. 하지만 학생들은 새로운 것을 말하지 못한다. 그들은 새로운 생각을 할 능력을 아직 갖추지 못했다.

공부란 무엇인가? 경험이다. 나는 인도를 여행한 적이 있다. 인도 여행 후 주변 사람에게 인도에서 보고 느낀 것을 이야기해 주었다. 인도에서 내가 직접 경험한 것이기에 많은 사람들에게 전달해 줄 수 있었다. 우리는 이런 경험을 직접경험이라고 한다.

그러나 직접경험을 많이 하려면 돈과 시간이 많이 필요하다. 세상에 경험해야 할 것은 많고 시간과 돈은 한정되어 있다. 그렇다고 인도에 갔다 오지 않으면 인도에 대하여 아는 바가 하나도 없는 것인가? 그렇지 않다. 누구든 인도를 가본 일은 없지만 인도에 관한 것을 많이 알 수 있다. 어떻게 알게 되었나? 인도에 관하여 많은 것을 알고 있는 사람으로부터 들었거나, 인도 관련 책을 읽었거나 인터넷에서의 검색을 통해서 알았을 것이다.

공부란 많은 경험의 축적을 통하여 이를 자신이 소화하고 가공하여 새로운 것을 생각해낼 수 있는 힘을 기르는 것이다. 따라서 우리 학생들이 우선적으로 해야 할 일은 많은 경험을 하는 것이다. 세계 여러 나라를 방문하며 유명인을 만나 그들의 이야기를 듣고 그 지역의 역사와 문화를 접하는 것은 유용한 경험이고 좋은 공부다. 이것이 직접경험이다. 그런데 많은 시간과 돈을 필요로 하므로 한계가 있다. 그래서 우리는 다른 사람의 경험담을 듣고 세상에 대하여 알게 된다. 이것이 간접경험이다.

우리가 좁은 의미에서, 공부를 하는 것은 간접경험을 많이 쌓는 것이다. 거의 모든 유용한 세상의 정보는 많은 사람들이 경험을 통해 얻은 지식을 책으로 발표한 것이다. 우리는 책을 통해 지식을 얻을 수 있다. 그러니 책을 읽어라. 대학생이면 교수의 강의에만 의지하지 말고 도서관에 있는 책을 읽어라. 주말이면 서점에 가서 도서 서핑을 하여라. 만일 날마다 한 시간씩 책을 읽는다면 하루 종일 여행하는 것보다 훨씬 많은 정보를 얻을 수 있다.

공부란 무엇인가? 경험하는 것이다. 특히 간접경험을 많이 하는 것이다.

작은 선택을
잘해라

　여러분은 오늘 아침에 무얼 먹고 왔는가? 우리는 매 식사 때마다 무얼 먹을까 선택한다. 우리는 살아있는 동안 한순간도 예외 없이 수많은 선택을 하며 살아간다. 여러분은 혜전대학을 선택하여 입학하였는데 이런 선택은 우리가 평생 하는 선택 중에 큰 결심이 필요한 선택이다. 선택에는 큰 결심이 필요한 큰 선택이 있고, 소소한 일상에서 하는 작은 선택이 있다. 내가 누구랑 결혼하겠다든지, 살고 있던 집을 팔고 새집으로 이사 가겠다든지 직장을 잡거나 옮긴다든지 하는 등등의 선택이 큰 선택이랄 수 있다. 반면에 아침에 6시에 기상한다든지 오늘 하루 학교를 안 가겠다든지 점심은 갈비탕으로 한다든지 하는 등의 선택은 작은 선택이라 할 수 있다.

　우리는 흔히 큰 결정은 인생의 성패를 좌우하므로 중요하고, 작은 결정은 가벼이 여겨도 된다고 생각한다. 혹자는 인생의 중요한 기로에 누구나 성공할 수 있는 기회가 오는데 이때 우리는 선택을 잘해야 한다고 말한다. 이른바 큰 선택을 하여야 할 시점에 선택을 잘하느냐 잘못하느냐에 따라 인생의 성패가 달려 있다고 여긴다.

내 친구 중에는 증권시장이 활황일 때 증권에 투자하여 큰돈을 벌었다. 또 다른 친구는 부동산에 투자하여 운이 좋았던지 많은 차익을 남겼다. 이들은 모두 자기들이 기회를 잘 포착하는 사람이고 선택을 잘하여 성공하였다고 자랑하고 다녔다. 혹 그들이 금전적으로 횡재를 하였는지는 모른다. 그러나 우리는 이러한 선택에 대해, 잘하였다거나 일상적으로 할 수 있으며 따라 할 가치가 있는 것으로 여겨서는 안 된다.

기회는 누구에게나 오는 것인지는 모르지만 아무런 준비가 없는 사람에게는 절대로 오지 않는다. 준비가 되어 있지 않은 사람은 자신에게 기회가 왔음을 알지 못한다. 우리는 기회가 왔을 때 이를 알기 위하여 준비-공부-하고 있는 것이다. 준비를 잘하기 위하여 우리는 작은 선택을 잘해야 한다. 작은 선택은 매일 반복되는 것들이다. 아침에 일어나 아침 시간은 무엇을 하며 지낼까, 아침 식사메뉴는 무엇으로 할까, 하루에 운동은 얼마만큼씩 할까, 오늘 친구랑은 무슨 이야기를 할까 등등.

우리는 매일 반복되는 작은 선택을 잘해야 한다. 이 작은 선택이 자신도 모르게 반복되면 곧 습관이 된다. 습관은 큰 선택을 하면서 생기는 것이 아니다. 그러니 결국 큰 선택이 우리의 성패를 결정하는 것이 아니고 습관이 우리의 장래를 결정하는 셈이다. 작은 선택을 잘하여 좋은 습관이 몸에 밴다면 분명 그는 성공할 것이다. 좋은 습관을 형성하는 것은 쉽지 않고 나쁜 습관에 길들여지기는 아주 쉬워 이 나쁜 습관 때문에 사람들은 후회할 때가 많다. 먼 훗날 갑자기 나에게 인생을 역전시킬만한 큰 선택을 할 기회가 오기를 기다리지 말고 좋은 습관을 가지도록 노력하자.

내가 지금 살고 있는 이곳에서
지금 가장 소중한 일을 하라

　나는 종종 학생들에게 묻는다.

　"자네는 지금 어디서 살고 있나?"

　"아산에서 살아요.", "평택에서 살아요."

　많은 학생들에게 질문을 해보지만 대답은 늘 이런 식이다.

　"아니 지금 어디서 살고 있느냐 묻고 있는 거야, 지금. 자네는 지금 어디에 있나 이 말이야."

　나는 학생들에게 주소지를 묻는 것이 아니고 지금 어디서 숨 쉬고 있는지를 알아차리도록 질문을 자꾸 하는 것이다. 우리는 누구나 '여기'서 살고 있다. 사람이 '여기'에 있으니 누구든지 지금 있는 곳이 아닌 다른 곳에서 살 수는 없다.

　그렇다면 우리가 살고 있는 때는 언제인가? '지금'이다. 우리는 누구나 '현재' '여기'서 살고 있는 것이다. 미래와 과거는 우리의 관념 속에서 존재하는 시각일 뿐 실제로 우리가 살아 숨 쉴 수 있는 시각은 지금뿐이다. 그러니 무엇인가를 하려거든 지금 하여라. 지난날 게으름을 피웠거나 해야 할 일을 하지 않았다고 후회하는 사람들을 종종 본다. 그러면서 그는 그 일이 마땅히 이루어

져야 했다고 말한다. 그러면서도 지금도 그 일을 할 생각은 안 하
고 있다.

또 어떤 친구는 마땅히 지금 그 일을 수행하여야 함에도 내일로
미루기를 밥 먹듯 한다. 우리는 내일엔 아무것도 할 수 없다. 우
리가 무엇인가를 하려면 지금, 오로지 지금 할 수 있는 것이다.
지금 여기서 해야 할 가장 소중한 일을 하라. 교수님 강의를 듣기
위하여 강의실에 들어왔다면 강의를 열심히 들어라. 친구들과 함
께 노래방에 갔다면 노래를 불러라. 영화관에 갔다면 영화를 보
아라. 지금 어디에 있든 무언가를 하려고 그 자리에 있는 것이다.
그 자리에 있게 된 이유에 합당한 일을 하라.

지금 여기서 무엇을 하여야 하는가? 지금 하는 일은 현재 여기
서 해야 할 일 중 가장 소중한 일인가? 끊임없이 생각하라. 생각
의 끈을 놓지 마라. 사람은 만물 가운데 생각하는 능력이 가장 우
수하다. 생각하는 힘만이 지금 해야 할 일을 잘 판단하게 하고,

생각하는 사람이 성공하는 것 아니겠나!

마땅히 지금 해야 할 일을 내일 하려 하지 말고 지금 하라. 우리는 지금 이 순간 살고 있는 것이다. 미래는 관념 속에서만 존재한다. 누구도 미래의 어느 때를 살 수는 없다. 그러니 무슨 일이든지 하려거든 미래로 미루지 말고 지금 하라. 내일부터 잘하겠다고 마음먹지 마라. 내일은 영원히 오지 않는 시간이다. 그러므로 내일부터 무엇을 하겠다고 생각하고 있다면 그것은 아무것도 하지 않겠다는 뜻이다. 정말 중요한 결심을 했다면 오늘, 지금 당장 하라.

담배를 끊기로 마음먹었다면 내일부터 금연하겠다든지 내달부터 금연하겠다든지 하지 말고 당장 지금부터 담배를 피우지 마라. 공부를 열심히 하기로 결심했다면 내일부터 시작하지 말고 당장 책을 펴라. 자꾸 내일로 실천을 미루는 사람이 실천을 잘하는 경우를 본 일이 없다. 그러니 무엇이든 마음먹은 일이라면 지금부터 당장 실천하라. 누구에게나 미래는 관념 속에서만 존재하고 우리 모두는 항상 현재에서만 존재한다. 나는 지금 여기서 숨 쉬고 살아가는 것이다.

관계와 소통

사람은 사회적 동물이다. 누구든지 혼자 살아갈 수는 없다. 우리 모두는 다른 사람이나 대상과 여러 가지 관계를 맺으며 살아간다. 특히 현대사회는 모든 일이 분업화되어 있어 필요한 모든 것을 혼자 충당할 수 없고 다른 사람의 협력을 받으며 살아가야 한다. 따라서 오늘날 우리에게 중요한 덕목 중의 하나가 내 주변에 있는 사람과 인간관계를 잘 형성하는 것이다.

주위 사람과 바람직한 인간관계를 형성하려면 어떻게 해야 할까? 두말할 것도 없이 소통을 잘해야 한다. 현대사회는 불과 10년 전까지 만해도 상상할 수 없었을 정도로 통신기술이 급격히 발전하였다. 이와 함께 각종 미디어의 발달로 정보의 유통이 많아지고 빨라졌다. 그러면 인간 사이의 소통도 더 활발해질 거라고 생각할 수 있지만 오늘날 많은 사람들은 고립되어 우울해 한다. 그럼에도 자신의 고민이나 어려움을 토로하고 도움을 받아야 할 조력자를 찾지 못하고 있다.

정보의 유통은 활발한데 사람들은 이전에 비해 더 고립되어 가고 있는 이유는 무엇일까? 이는 사람 사이에 진정한 의미의 소통이 이루어지고 있지 않기 때문이다. 통신기술의 발달로 우리가 아주 멀리 떨어진 사람과도 대화는 할 수 있지만 사람의 마음을 열어 주지는 못한다. 이웃이나 가족 간에도 마음을 전하는 대화를 못하여 사람들은 점점 더 마치 세상을 혼자 살아가는 고립감 속에 살고 있다.

이웃 간에 좋은 인간관계를 맺으려면 내가 먼저 마음을 열고 소통하려 노력하여야 한다. 마음속에 담을 쌓지 마라. 마음의 문을 활짝 열고 다른 사람이 쉽게 당신 마음속으로 들어오게 하라. 그렇게 함으로써 세상이 외롭지 않고 살 만한 가치가 있음을 느끼게 될 것이다.

표면만 보지 말고
이면을 보라

 우리나라는 일제로부터 해방이 되면서 20세기에 불어 닥친 좌우의 이념 때문에 민족이 둘로 갈라졌다.

 현재 남쪽에서는 보수와 진보로 진영이 갈라져서 늘 대립하고 갈등을 겪고 있다. 특히 1980년대 후반에 들어서며 이념적 갈등이 심해서 학생들이 중립적 위치에서 사물을 종합적으로 보고 판단하는 능력을 기를 수가 없었다. 어떤 일이든 이분법으로 재단하여 옳고 그름이나 네 편 내편을 구분하려 하였다. 또한 학생들이 경험해 습득한 지식이 아주 단편적이거나 편협한 상태에 머물러 있었다. 따라서 세상에 존재하는 대부분의 현상을 선과 악, 맞거나 틀렸거나 표피만 보고 흑백논리와 이분법으로 구분하고 판단하는 경향이 많았다.

 그러나 어떤 물체든, 현상이든 표피가 아니라 이면에 존재하는 것이 있다. 그것이야말로 사물의 참된 가치다. 우리 학생들은 반드시 겉으로 드러난 현상만 보지 말고 속에 내재된 가치를 볼 줄 알아야 한다. 세상의 일은 그렇게 단순하게 이분법으로 나눌 수 있도록 되어있지 않다.

안내의 어려움

얼굴

'얼굴값을 해라.' 우리는 종종 이런 말을 듣고 산다. '얼굴'이란 무엇인가. 어떤 사람이 말했다. 얼굴은 '얼'이 들락거리는 '굴'이다. '얼'은 정신을 말한다. '얼'이 나간 사람을 '얼간이'라고 한다. '굴'은 터널이다. 통로란 뜻이다. 정신은 얼굴을 통하여 우리 인간의 내면에서 바깥으로, 바깥에서 내면으로 들고 나는 것이다. 그러니 정신이 나간 사람은 얼굴에 맥이 빠져있고 실의에 빠져있는 사람은 얼굴이 우울한 모습을 하는 것이다.

얼굴이 잘났는데 사람 노릇을 제대로 하지 못하면 얼굴값을 하란 말을 듣는다. 그가 현명해 보인다든지, 총명하다든지, 어리석어 보인다든지 등등 모든 표정은 신체의 다른 부위에 나타나는 것이 아니고 얼굴에 나타나는 것이다. 얼굴이 예쁘냐. 얼굴 피부가 좋은가, 젊어 보이느냐 등 얼굴에 나타나는 모든 것은 대개 정신이 어떤 상태에 있는가에 달려 있다. 그러니 화장이나 성형으로 얼굴을 가꾸려 하지 말고 인격을 가꾸어 좋은 얼굴을 만들어라.

2. 나는 소중한 사람이다

원칙과 융통

　사람이나 사회, 국가에도 원칙이 있어야 하고 우리는 이 원칙을 지켜야 한다. 반면 세상을 조화롭고 부드럽게 살아가기 위해서는 융통성을 가져야 한다. 원칙과 융통성은 상반된 말 같다. 하지만 상호 조화를 잘 이루어야 원칙이 더욱 값지고 빛난다. 탈 원칙은 융통이 아니다. 우리는 원칙을 지키며 사안에 따라 융통성을 발휘할 수 있어야 한다. 이것이 우리가 공부하는 목적이다.

　　　　　　　　　　　　　　　　　　　　　　　안내의 어려움

中庸의 가치를
지켜라

　사람들은 어떤 문제에 대하여 의견이 갈릴 때 중간에 있지 않고 어느 한쪽을 편들어야 소신 있는 사람이라고 생각하는 경향이 있다. 일제치하에서 우리 민족은 어떤 교육이나 논의 없이 새로운 이념을 받아들여야 했다. 해방 후 국가가 건설이 되기도 전에 좌우로 이념이 갈려 어느 한쪽을 편들어야 믿을 수 있고 소신 있는 자로 평가받았다. 또 그렇게 해야만 살 수 있었다. 중간지대에 있던 사람들은 회색분자라 하여 이리 치이고 저리 치이는 바람에 오히려 살아남기 힘들었다.

　이념 갈등으로 민족상잔의 전쟁을 치른 후로도 이념 갈등을 많이 겪고 있다. 20세기 말까지 이념운동은 학생운동의 중심을 이뤘고 이 시대에 학생들에게 중용의 지대에 설 것을 요구하는 것은 어려운 일이었다.

　1990년경 우리나라는 좌우 대립이 심하여 이념문제로 옥고를 치르는 사람이 많았다. 우연하게도 나는 홍성교도소에서 복역 중이던 소위 양심범의 교화위원으로 활동하게 되었다. 그들은 좌익이나 진보 사상에 물들어 사회적으로 물의를 일으킨 자들이니,

　　　　　　　　　　　　　2. 나는 소중한 사람이다

나에게 그들을 교화하라고 했다. 그러나 그들은 사상공부를 많이 하였고 또 대중의 앞장에 서서 이념 운동을 한 사람들이었다. 나는 특별히 사상을 공부하거나 대중운동을 한 사람이 아니니 그들을 설득하는 것은 가능한 일이 아니었다. 나는 그들의 이야기를 들어주고 단지 내가 사는 세상을 이야기해주며 그들을 만났는데 그들도 나를 만나는 것을 좋아했다.

내가 만난 사람 중에 김ㅇㅇ라는 여성분이 있었다. 그분은 민중운동의 거물이었다. 내가 그분을 만나 무슨 이야기를 할 수 있을까 싶어 오히려 주눅이 들어 걱정을 하였는데 뜻밖에도 그분은 중용의 가치를 내게 설파하였다.

"오랫동안 공부하고 투쟁하고 생각했는데 가장 중요한 가치는 중용(中庸)이라고 믿습니다. 시계의 추는 항상 좌우를 왕복하나 멈출 때는 항상 가운데 서 있지 않습니까? 나도 이제 중용의 가치를 받아들이고 그러한 가치를 추구하기 위해 살아갈 생각입니다."

中庸의 원래 뜻은 어느 쪽으로나 치우침이 없이 올바르며 변함이 없는 상태를 말한다. 우리 보통사람들이 그 상태를 어찌 알 수 있겠는가? 그러나 우리 서로 충돌할 때 서로 양보하여 가운데 지점에서 만날 생각으로 살자. 그것이 완벽한 중용의 가치는 아니라도 싸우는 것보다는 낫지 않느냐? 타협하라.

사람은 대부분
힘들고 외롭다

　대부분 사람들은 힘들고 외로워한다. 생명을 유지하고 살아가는 것 자체가 힘든 일이기 때문이다. 문제는 자기 주변에 있는 대부분의 사람들은 쉽게 세상을 살아가고 행복하게 사는데 자신만 힘들다고 여긴다는 데 있다.

　몸이 아플 때 병원에 가보라. 나만 그런 게 아니고 다른 사람들도 많이 아픈 채로 살고 있다는 것을 알게 될 것이다. 은행에서 돈을 빌린 사람들의 목록을 보면 나 말고 다른 사람들도 많이 돈을 빌려 쓴다는 것을 알게 될 것이다. 신경정신과 진료를 받는 사람들을 보면 나 말고 다른 사람도 정신과 마음이 불안한 상태로 산다는 것을 알 수 있다. 잠이 안 오거나 우울하거나 공황장애로 어려움을 겪는 등 나와 같은 상태인 것이다. 이처럼 많은 사람들은 대부분 힘들고 외롭게 살아가고 있다.

　그러나 용기를 잃지 말고 어려움을 이겨내려고 노력하여라. 현재의 역경을 이기려고 노력하는 사람만이 역경을 극복하고 더 나은 삶을 추구할 수 있다. 절대로 당신이 이 세상에서 제일 힘들게 살아가는 사람이 아니다.

2. 나는 소중한 사람이다

자신을 잘 아는 사람은
누구일까?

　우리 누구든 세상에서 제일 중요한 사람이다. 다른 사람에게도 내가 제일 중요한 사람이기를 바라지 마라. 그 역시 자기 자신이 제일 중요하다. 나를 이 세상에서 제일 중요한 사람이라고 믿는다면 자신을 제일 중요한 사람으로 대하라.

　자신을 귀중한 사람으로 대하기 위하여 우선 자기 자신에 대하여 알아야 한다. 나는 어떤 사람인가? 나는 무엇을 잘하고 있고 무엇을 잘할 수 있는가? 나는 무엇을 하고 싶어 하는가? 내가 잘 모르는 것은 무엇인가? 나는 열심히 살고 있는가? 내가 지금 무엇을 잘못하고 있나?

　자신에 대하여 가장 잘 아는 사람은 누구인가? 자신이다. 자기가 무엇을 해야 할지도, 무엇을 보충해야 할지도 자기 자신이 가장 잘 알고 있다. 혹여 판단이 안 될 때 전문가나 선배나 경험자로부터 도움을 받을 수는 있다. 그러나 자신의 모든 결정은 자신을 잘 아는 자신이 해야 한다.

짐을 벗으려
하지 마라

나는 팔자를 어찌 타고났는지 항상 짐이 많았다. 초등학교 때 학교가 끝나고 집에 오면 무슨 일이라도 하여야 했다. 부모님이 매일 어떤 일을 시켜서가 아니었다. 부모님이 가난한 살림에 우리 여러 형제를 키우시느라 항상 많은 일을 하셨기 때문에 우리 형제들은 어릴 때부터 자신이 할 수 있는 일은 무엇일까 생각하여 하는 편이었다. 방을 치우거나 마루를 닦거나 마루 밑이나 마당을 쓰는 것 등도 내가 할 수 있는 일이었다. 초등학교 때 냇가에 매 둔 소를 끌고 풀을 뜯어 먹도록 끌고 다니는 일도 내가 했다. 잠시 아이들과 놀 때도 어린 동생을 등에 업고 돌보면서 놀았다. 중학교 다닐 때는 짚으로 새끼를 꼬거나 가마니를 짰고 가마니를 팔려고 시장에도 나갔다. 밭의 풀 매기, 모심기, 벼를 베고 타작하기, 담뱃잎 따기, 마늘 캐기 등도 내가 했다. 고등학교 때는 방학이면 일 강도가 높은 건설 노동시장에도 나가 봤다. 대학교 때는 평소에는 과외지도를 하였고, 방학 때는 집에 와서 농사일을 하였다. 그러면서도 학과공부를 하며 학생회장직도 수행하였다.

군대에서는 병사생활을 하였는데도 내 앞에는 늘 일이 닥쳤다.

어쩌다 농번기에 휴가를 와서 농사일을 매일 하다 보니 빨리 귀대하여야겠다고 생각한 적도 있다. 제대 후 교사로 취업을 하고서도 집에서 다니며 저녁 늦게까지 농사일을 도왔다. 결혼 후에도 휴일에는 집에 와서 농사일을 도왔기 때문에 주말이 더 힘들었다. 학교에서도 내게는 항상 많은 일이 닥쳤다. 그렇게 지내다 보니 나는 팔자에 일을 많이 타고난 사람이라며 자위하고 받아들이게 되었다.

　나이가 들어 이것이 얼마나 큰 행운이었는지 깨달았다. 내가 지금까지 살아오면서 팔자를 잘 타고 나서 일도 적게 하고 편하게 살았다면 얼마나 값어치 없고 인생을 무의미하게 살았을까. 그래서 자기한테 닥치는 짐을 두려워하지 말라고 제자들에게 얘기하게 되었다. 우리는 이 짐을 자연스럽고 긍정적으로 받아들이고 기꺼이 지고 갈 수 있어야 한다. 그 짐을 성공적으로 지고 가서 이룬 결실이 보람되고 당신의 인생을 가치 있게 하는 것이다.

안내의 어려움

물통과 똥통

어느 날 제자들이 자기들끼리 말하는 소리를 우연히 듣게 되었다. 어느 학생이 우리 대학을 똥통대학이라며 친구들에게 너무 창피하다는 것이다. 그 후로 나는 내가 맡는 제자들에게 우리 대학이 똥통대학이 되지 않도록 하자고 다음과 같이 강조하곤 하였다.

"여기 시장에서 새로 사 온 똑같은 통이 두 개 있습니다. 하나에는 물을 담았어요. 그러면 이 통은 무슨 통인가요? 물통 맞습니다. 그러면 이 통에는 똥을 담았습니다. 그러면 이 통은 무슨 통이 되나요? 똥통이 되겠지요. 대학은 통입니다. 우리 대학이 똥통대학이라면 여러분은 무엇인가요? 여러분도 나도 똥이 되겠지요. 그러니 우리 대학이 똥통대학이 되지 않고 금통대학이나 하다못해 물통대학이라도 되려면 우리가 똥이 되지 말아야 합니다. 그러면 어떻게 하여야 할까요? 우리보다 평판이 좋은 대학의 학생들보다 그들의 교수들보다, 여러분도 나도 더 노력을 하여야 합니다. 학교를 비난하지 말고 학교 때문에 좌절하지 말고 우리 합심해서 함께 노력하면 우리 대학이 좋아져서 여러분과 후배

2. 나는 소중한 사람이다

가 그 덕을 보게 될 것입니다. 대학 이미지를 바꾸면 여기서 근무하는 여러분의 선생님들의 명예도 올라갈 것입니다. 지금 우리가 똥통대학에 다닌다면 이것을 비난하지 말고 벗어나기 위하여 노력하겠다는 의지가 필요합니다."

무엇이든 쓰지 않으면
녹슨다

머리를 써라. 몸도 써라. 무엇이든 쓰지 않으면 녹슬기 마련이다. 써야 되는 물건은 절대 아끼지 마라. 나는 원래 아끼는 데 선수였다. 모처럼 갖고 싶었던 물건을 손에 넣었을 때 나는 바로 쓰지 못하고 아끼다 시대에 뒤떨어져 못 쓰는 경우가 많다. 그래서 그 버릇을 고쳐야겠다고 생각한 적이 많다. 그러면서도 그 버릇을 쉽게 버리지 못했다.

다행히 나는 학생들을 지도하므로 학생들에게 유익한 무엇인가를 주기 위해 생각을 많이 하는 편이다. 그러느라 머리를 쓰게 된다. 그러면서 강의실에서 아무런 생각이 없이 앉아 있는 학생들을 발견할 때가 많아 학생들에게 늘 이야기를 많이 해준다. 고성능 컴퓨터를 샀는데 쓰지 않고 창고에 둔다면 컴퓨터가 할 수 있

2. 나는 소중한 사람이다

는 일은 아무것도 없을 것이다. 그냥 녹슬어 버려 폐물이 될 것이다. 인간은 뇌세포를 활용하여 사고능력을 발휘한다. 그런 역할 때문에 뇌는 몸 전체가 사용하는 혈액의 20%를 사용한다. 그처럼 인간의 뇌는 많은 활동을 하도록 짜여 있다. 이 점 때문에 인간은 만물의 영장이 되었고 문명을 진화시켰다. 그렇게 유용한 능력을 가진 뇌도 사용할 때만이 더 큰 능력을 발휘하고 더 건강해진다고 하지 않느냐? 그러니 아끼지 말고, 가만히 놔두지 말고 머리를 써라. 생각을 많이 하라. 오늘 무엇을 해야 할 것인가? 나는 오늘 제대로 내 일을 하고 있는가? 항상 생각하는 습관을 가져라.

노동이나 운동을 하여 몸을 자주 써라. 움직이지 않고 몸을 아끼면 몸은 오히려 약해진다. 매일 새벽 우유를 받아먹는 사람보다 우유배달부가 더 건강하다는 것을 알라. 몸을 움직여라.

인간과 벌레

모든 이름은 인간이 지었다. 사람의 이름은 물론이고 온갖 동물의 이름, 지명, 별 이름, 강이나 바다의 이름, 땅의 이름도 모두 인간이 지었다. 그중에 인간에게 해로운 벌레에게는 해충이라는 이름을 붙였다. 그러고는 인간에게 특별한 해를 주지 않아도 벌레하면 징그럽거나 보기에 혐오감을 준다고 생각한다. 그것도 인간이 가지는 편견이다.

어떤 인간을 나무랄 때 벌레 같은 녀석이라고 한다. 그러나 생각해보자. 이 우주를 가장 더럽히고 무자비하게 붕괴시키고 공해를 일으켜 점점 살기 어려운 환경으로 몰아가는 부류가 인간 아닌가? 그러나 벌레가 이 세상을 얼마나 더럽히는가? 벌레 때문에 살 수 없다고 하지 말고 우리가 벌레보다 이 세상을 더럽히지 않기 위하여 노력하자.

영어공부
잘하는 법

　영어교수로 학생들을 지도하면서 영어교육의 필요성과 효과적인 영어지도 방법에 대하여 많은 생각을 하였다. 학생들을 처음 만나는 학기 초마다 나는 학생들에게 우리는 왜 영어공부를 열심히 해야 하는지, 21세기에 영어의 힘이란 무엇인지, 영어를 잘하면 어떤 이점이 있는지, 어떻게 하면 영어학습을 잘할 수 있는지 장황한 설명을 하곤 하였다. 그러나 학생들이 이 설명을 듣고 감동을 받거나 태도를 가다듬어 영어공부를 열심히 하게 되었다고 믿지 않는다. 나는 영어교수로서 이 강좌를 개설하는 이유가 타당함을 학생들이 알고 불만이 있는 학생들이라도 내 과목을 필수적으로 들어야 하는 이유를 설명하는 것이 중요하다. 수강하기 싫고 때때로 강의가 지루하더라도 학생들이 잘 참고 견뎌야 함을 말할 필요가 있을 뿐이지 학생들로서는 이미 수차례 들어온 진부한 설명일 뿐이다.

　사실 학생들 대부분은 이미 영어학습을 포기한 상태이다. 그리고 전문대학에서의 전공학습이나 졸업 후 현장에서 이들에게 영어능력이 왜 중요한지 나는 알지 못한다. 영어능력이 필요한 직

안내의 어려움

업군은 많다. 영어능력을 중요시하는 많은 회사의 인사담당자들로부터 왜 회사가 신입사원을 뽑을 때 영어능력을 우선시하는지 조사한 적이 있는데 많은 분들이 합당한 이유를 말하지 못했다. 더욱 우스운 이유는 경쟁선발에서 영어능력 말고는 달리 능력 우수자를 가려낼 방법이 없다는 것이다.

영어능력자의 가치가 없다는 뜻이 아니다. 다만 누구에게나 필수적으로 영어능력이 필요한 것이 아니며 영어학습이 안 되어 있어도 자신 있게 할 수 있는 일이 많으니 모든 학생들에게 영어공부에 대한 중압감을 주지 말자는 것이 나의 소신이다.

학생들은 내게 자주 질문을 한다. 어떻게 공부하면 영어공부를 잘할 수 있는가 하고. 이 답을 찾기 위하여 나는 서점에 나와 있는 영어학습 비법에 대한 책에서 답을 구해보았으나 어느 방법이 효과적인지 단정하여 말하면 안 된다는 결론을 얻었다. 그래서 나는 학생들에게 되묻곤 하였다.

"네가 지금까지 공부한 방법은 무엇이냐? 영어공부를 해보기는 했느냐? 스스로는 한 번도 실패한 경험이 없으면서 너는 그 해답을 다른 사람에게서 구하려 하느냐? 네가 영어공부를 해보겠다면 먼저 네가 스스로 방법을 정하여 실천한 후에 네가 학습한 방법이 어떤지 토의해 보자꾸나."

사실 내게 상담 오는 학생들은 대부분 영어공부를 꾸준히 해 본 경험이 없는 학생들이었다. 진실로 효과적인 공부 방법을 찾고자 하면 학생들이 실천할 수 있는 방법을 찾아 제시해준다. 그러나 영어능력은 모두가 반드시 갖추어야 할 필수사항이 아니니 영어 학습 때문에 중압감을 가지지 말라고 당부한다.

洗手와 洗心

　자고 일어나면 우리는 으레 세수를 한다. 출타하기 전에는 보통 얼굴을 보고 무엇이 묻어 있지는 않은지 확인을 한다. 남에게 추하거나 더러운 얼굴을 보이고 싶지 않은 것이 우리 대부분 인간들의 생각이다.

　아무리 인간의 얼굴이 인간의 마음을 드러내는 거울이라 하지만 인간은 얼마든지 가짜 얼굴을 할 수 있다. 내가 만일 서비스업에 종사하는 사람이라면 언짢은 일이 있어도 웃는 얼굴로 손님을 대할 것이다. 내가 목회자라면 아무리 속으로 화가 나는 일이 있어도 항상 인자한 표정을 짓고 있을 것이다. 그럴 경우 고객은 그 서비스 종사자를 칭찬할 것이고 그 목회자를 존경하게 될 것이다. 그들이 비록 가식적인 표정을 짓고 있을지라도.

　나는 학생들에게 얼굴을 보려 하지 말고 마음을 보라고 말한다. 얼굴을 닦을 때마다 마음을 닦으라고 한다. 얼굴을 닦을 때는 물이 필요하고 치장을 할 때는 화장품이 필요할 것이다. 그러나 마음을 닦는 때는 물도 화장품도 필요하지 않다. 손에 수고로움을 줄 필요도 없고 눈을 뜨고 들여다볼 필요도 없다. 그냥 조용히 눈을 감고 자신의 마음을 들여다보라. 마음이 혼탁하거나 더럽혀지면 조용히 마음속으로 그 마음을 버리기만 하면 된다. 앉은 채로 혹은 누운 채로, 하던 일을 잠시 쉬면서 자신의 마음을 들여다보고 편히 놔두면 된다. 얼굴을 닦기 전에 마음을 닦는 습관을 기르자.

제일 잘하는 것을
더욱 잘하는 사람이 되자

　이번 성적은 평균 몇 점이야? 등수는 몇 등이고? 학부형들이 자식한테 묻는 대화의 요지다. 우리 아이는 영어는 잘하는데 수학이 모자라. 아무래도 수학과외 지도를 받아야 할까 봐. 왜 평균이 중요한가. 왜 못하는 과목을 더 공부시키려 하는가? 반에서 몇 등이건 전교에서 몇 등이건 그게 왜 중요한가?

　우리 아이가 무엇을 하고 싶어 하는지, 무엇을 제일 잘하는지만 찾을 수 있으면 된다. 무조건 석차나 평균이 중요하지는 않다. 21세기에는 사람이 해야 할 일이 점점 세분화되어 한 개인이 여러 가지를 잘하는 것이 가능하지도 않고 그럴 필요도 없다. 그러니 누구나 자기가 잘하는 일을 찾아 그것을 더욱 잘할 수 있도록 하면 된다.

여러분이
부자다

여러분은 20세이고 나는 60이 넘었다. 여러분이 나보다 더 가진 것은 무엇이냐? 시간이다. 내가 여러분한테 제일 부러운 점은 여러분에게 시간이 많다는 점이다. '시간이 돈이다.'라는 말이 있다. 그러니 여러분이 나보다 훨씬 많은 돈을 가진 부자이다.

그러니 여러분은 스스로 가진 것이 아무것도 없는 가난한 사람이라고 말하지 마라. 다른 무엇이 많은 것보다 시간이 많은 것이 더 좋은 것이다. 다만 그것을 효과적으로 이용할 줄 모른다면 그 많은 시간이 무슨 소용이 있겠는가? 돈이 많은 사람도 돈을 쓰는 방법은 다 다르다. 불우한 이웃을 돕는 데 쓰는 사람, 자기 보신을 위해 쓰는 사람, 집이나 차를 치장하는 데 쓰는 사람, 화장을 하는 데 쓰는 사람, 술을 먹고 환락에 빠지는 데 쓰는 사람, 노름에 쓰는 사람 등등. 많은 돈이 있어도 사람들에게 지탄을 받으며 사는 사람이 있다. 그런 사람은 돈이 많아도 좋을 게 없다.

시간을 쓰는 방법도 사람마다 다르다. 시간을 알뜰하게 쓰는 사람, 계획성 있게 쓰는 사람, 보람되게 쓰는 사람이 있는 반면, 시간의 중요성을 모르고 헛되이 흘려보내거나 쓸데없는 일로 시간

을 보내는 사람 등 천차만별이다. 계획성 있게 시간을 써라. 유익하거나 바람직한 일을 한다면 거의 그 일을 규칙적으로 할 수 있게 시간표를 짜고 지켜라.

'시간은 화살처럼 흘러간다.'고 한다. 잠깐 사이 여러분이 대학생이 되었듯이 어느 날 갑자기 엄마 아빠가 되고 노년이 되는 게 인생이다. 재산은 잃어버렸다 다시 찾을 수도 있지만 절대로 회복할 수 없는 것이 시간이니 정말로 시간을 잘 써라. 내가 다시 중학생으로 되돌아간다면 하고 생각하지 마라. 그런 일은 절대 일어나지 않는다. 지금 여러분 앞에 다가오는 시간을 잘 활용하라. 시간은 누구에게 빌려줄 수도, 빌릴 수도 없는 것이니.

공짜로 얻으려
하지 마라

　세상에 공짜는 없다. 공짜와 복지는 다르다. 우리가 가난할 때는 국가에서 국민을 위한 복지 정책이 없었다. 나라의 재산이 없어 정부를 운영할 재정도 열악하였다. 나라를 위하여 일하는 사람은 사명감에서 일하는 경우가 많았다. 정부부서에 복지부도 없었다. 나라의 경영도 미국과 같은 선진국에서 원조해 주는 물자에 많이 의존하였다. 국민들은 일을 하여 돈을 벌어 잘살고 싶어도 일자리가 없으니 일할 수 없고 가난하게 살 수밖에 없었다. 날마다 가가호호 동냥이 넘쳤다. 6·25 전쟁 후라 손발을 다친 상이군경도 많았는데 그들도 나라에서 보살펴 주지 못하니 자연 동냥에 나서서 공포감을 주기도 하였다. 나는 50년대에 초등학교에 다녔다. 월사금이라고 매달 내는 돈이 있었는데 나는 냈지만 마음이 약한 선생님들은 월사금을 못 거둬 월급이나 제대로 탔는지 알 수 없었다. 점심 도시락을 가지고 와서 밥을 먹는 아이들보다 점심을 굶는 아이가 많았는데 학교로서도 속수무책이었다. 다만 미국의 원조물자에 의해 강냉이 빵을 만들어 가난한 학생에게 주었다. 강냉이 빵을 굽는 냄새가 코를 자극하여 냄새는 맡고 공급

　　　　　　　　　　　　　안내의 어려움

받지 못하던 많은 학생들은 얼마나 먹고 싶었는지 모를 일이다. 당시는 우리나라 성인의 80%가 농부였는데도 식량이 부족하여 굶는 사람이 많았으니 얼마나 가난한 나라였는가!

우리나라가 국민경제를 일으킨 것은 선진국의 원조가 아니다. 외국에서 차관을 들여오고 외국에 나가 외화를 벌어들여 와 산업 자금으로 썼기 때문이다. 공짜가 아니고 노력으로 자금을 확보하고 국민의 노동으로 경제를 발전시켰다는 말이다.

공짜로 무엇을 얻으려 하지 말고 노력하여 얻으라. 무엇을 쉽게 구하려 하지 말고 얻을 수 있는 방법을 스스로 깨우쳐라. 앞으로 어떻게 살아가는 게 맞는지 정확하게 말해줄 수는 없다. 자신이 사는 방법은 스스로 구하여 깨달아야 한다. 세상은 선배가 살아온 방식 대로가 아니고 그들이 생각지도 못한 방향으로 빠르게 변하기 때문이다. 이것이 21세기이다.

앞으로 다가오는 세상은 어떻게 변할지 누구도 쉽게 얘기할 수 없다. 단지 우리가 말할 수 있는 것은 세상이 아무도 알 수 없는 방향으로 빠르고 획기적으로 변하기 때문에 사람들은 이에 적응하기 위하여 부단히 새로운 정보를 받아들이고 적응하여야 한다는 점이다. 과거의 경험에서 교훈은 얻을 수 있지만 앞으로 세상을 살아갈 방법을 알려주지는 않는다. 그러니 새로운 시대에 적응할 수 있도록 창의력을 기르고 도전정신을 길러야 한다. 그리고 꾸준히 학습해야 한다.

공짜는 세상에 적응할 힘을 길러주지 못하게 한다. 그러므로 무

2. 나는 소중한 사람이다

엇이든지 공짜로 주는 것을 나는 반대한다. 학교에서 공부를 공짜로 시켜주니 공부의 가치가 소중한지를 모르고 열심히 공부하지 않는 경향이 많다. 그러나 세상에 공짜는 없다. 누군가에게 무엇인가를 공짜로 주기 위해서는 알지 못하는 누군가가 대가를 부담한다는 것을 알라. 무엇이든 공짜로 얻으려 하지 마라. 반드시 대가를 지불하라. 그래야 그 결실이 자신의 것이 된다.